MELISSA

# 王太子様は、初恋花嫁を逃がさない。

椋本梨戸

*Illustrator*
椎名咲月

この作品はフィクションです。
実際の人物・団体・事件などに一切関係ありません。

王太子様は、初恋花嫁を逃がさない。

MELISSA

# 第一章　嫁き遅れの姫君、婚約が決まる

今日という日はロジェ王国にとって記念すべき佳日《かじつ》となった。

王室の悩みの種であった、第一王女フランセット・ロジェの縁談がやっとのことで決まったからである。

「よかったわねぇフランセット。今年で齢《よわい》二十五、完ッ全に嫁《い》き遅れたあなたが我が国最強の穀《ごく》つぶしとして君臨する日も近いと哀れんでいたのよ。ほんとうによかったわぁ」

「じつの娘を穀つぶしなどと呼ばないでいただけますか、お母さま」

「おめでとう姉さま！　母さまとおなじく心の底からほっとしたよ。僕が将来、かわいいお嫁さんを迎えたときに、ツッコミ能力の異常に高い小姑《こじゅうと》がいるとその子がかわいそうだもの」

「八歳のあんたが小姑問題をいまから心配していたなんて、姉さまは感動して涙が出そうよ」

ここはロジェ王宮の謁見の間である。国王夫妻と姉弟の一家は、玉座の前で円陣を組みつつそんな会話をくりひろげていた。

謁見の間には他国から来た使者のほかに、大臣や衛士がずらりと控えている。

彼らを見ながらフランセットは思う。

ロジェ王国に光明をもたらすかもしれないこの婚約を、家臣らは心の底から歓迎しているのだろうか。それとも「こんなにも好条件の縁談が、うちの姫さまにくるはずがない。罠《わな》だ」と警戒しているのだろうか。

フランセットの考えは、もちろん後者である。

（だって、婚約を申し入れてきた相手が相手だもの。あんな大物がわたしとの結婚を望んでいるなんて考えられないわ）

一方で、ひどい言い草ではあったが、フランセットの家族は皆、よかったよかったとこの縁談を祝ってくれている。

なかでも父の喜びの大きさといったらなかった。

「でかしたぞフランセット！　婚約相手はあの超大国ウィールライトの王太子だ。悲しいほどの弱小国である我が国もこれでいよいよ安泰だ。安泰どころか、領土拡大・富国強兵《ふこくきょうへい》・歳入ガッポガッポの三連単あるぞ！」

フランセットはげんなりとした。

この父親は、野心だけはいつも立派である。しかし悲しいことに彼の野望が報われたことはこれまでに一度もなかった。

喜びをさまざまにあらわしている家族を眺めながら、フランセットは、サファイアのような色あいの瞳《ひとみ》に複雑な心境をにじませた。

（縁談はたしかにまとまったのかもしれないけれど）

みなが喜ぶこの縁談を、腹をくくって受け入れることが最善だということはわかっている。それが王女としてのつとめだとも知っている。

けれどフランセットは納得しきれていない。

なにしろ相手は超大国の王太子なのだ。

それだけでも気おくれするというのに、彼は五つも年下なのである。

自分よりも年上の男性のもとへ嫁ぐのが世間では一般的だ。二十歳の若き王太子は年上の嫁き遅れを妻にして、それでいいのだろうか。

フランセットはため息をついた。つややかなプラチナブロンドの巻き毛がかすかに揺れる。

陶器のようになめらかな肌と、宝石のようにきらめく青い瞳をフランセットは持っていた。細身ながらも、胸から腰にかけての曲線には女性らしさがある。

「この素材でなぜ結婚できない」という嘆きをフランセットは飽きるほど聞かされてきたものだ。

「性格に重大な問題があるのではないか」という不名誉なうわさが立っていることも知っている。

だからこそ、この縁談話がきたとき、弟は「ウィールライト王国の王太子はものすごーく面食いなんだね」という、じつに率直な感想を述べていた。

(面食いかどうかなんてどうでもいいわ。そんなことより、自分よりもはるかに格上、でも歳《とし》は五つも下のお相手なんて、二重苦以外なにものでもないわよ)

身の丈にあった結婚生活を送ることがいちばん平穏で幸せな人生だ。

大きすぎる野心にふりまわされているかわいそうな父親を見ているからこそ、フランセットはずっとそう感じてきた。

だから、この縁談が舞いこんできたときに、ウィールライト王宮へ手紙をこっそり送ったのだ。

『お断りいたします』と。

(それなのに手紙はあっさり無視されてトントン拍子に話が進んで、ついに今日、あちらから使者まで来てしまったじゃない。どうしてこんな目に遭うのよ、バチがあたるようなことはなにひとつしていないのに……！）

縁談に浮き足立つ父親に腹が立って、くつのつま先に尖《とが》った小石を仕込んでおいたのがいけなかったのだろうか。父はたいそう痛がっていて、フランセットは溜飲《りゅういん》を下げたものだった。

銀色の巻き毛をした、（見た目だけは）愛らしい弟が首をかしげる。

「ねえ、姉さま。お相手の王太子さまと個人的にお話ししたことがあるってほんとうなの？」

王族同士の結婚は、婚約をむすんでから初めて会うという場合もめずらしくない。

けれど弟の言うとおり、縁談相手とフランセットはすでに顔をあわせていた。

「お話をしたことはあるわ。けれど十年以上も前のことよ」

当時を思いだしてフランセットは顔をしかめた。

この縁談を持ちかけられるに至った発端は、十四年前の彼との出会いなのだが、フランセットは当時、会話の相手がウィールライトの王太子だということすら知らなかったのである。

その夜は、近隣諸国の王族らが集まる豪華絢爛《ごうかけんらん》な舞踏会がひらかれていた。

隣国の王妃が主催したその会に、家族とともにフランセットも出席していた。弟が生まれる前のことである。

フランセットはこのとき十一歳で、社交界デビューをまだ果たしていなかった。だから、両親のあとにおとなしく控えるかたちであいさつまわりをせっせとこなしていた。

やがて舞踏曲が流れて両親が踊りはじめたので、フランセットはバルコニーへ涼みに出ることにした。いろんな人とおしゃべりをして気疲れしたのだ。

満月だからか、初夏の夜空はいつもより明るく見える。カーテンのむこう側から軽やかな舞踏曲がかすかに聞こえつづけていた。

ゆるやかに弧をえがく髪が夜風にさらわれて、それを片手で押さえながらフランセットはほっと息をつく。

そのとき、ふいにうしろから声をかけられた。

「フランセット・ロジェ王女殿下」

少年特有の耳ざわりのいい声に、フランセットはふり返った。天鵞絨《ビロード》のカーテンを脇《わき》へよせながら、彼はバルコニーへ歩を進めてくる。

その姿を見たときフランセットは呼吸を忘れた。
六、七歳くらいだろうか。月明かりにつやめく黒髪に、夜をこめたような黒い瞳。すんなりと伸びた手足に軍服風の美しい礼装をまとっている。
完璧《かんぺき》に整った顔立ちはまだ幼く、しかし、それがこの少年をいっそう神秘的に見せていた。

「初めまして、フランセット王女殿下。僕はウィールライト国王が長子、メルヴィン・ウィールライトと申します」

流れるように告げて、少年はほほ笑んだ。そのほほ笑みにフランセットは返事をすることを忘れてしまう。

（な――なんて、なんて）

フランセットは感動に打ちふるえた。

（なんてかわいい子なのかしら！）

こんなにもかわいい少年をフランセットはこれまで見たことがなかった。

顔がかわいいだけでなく、たたずまいがきれいなのだ。口もとに浮かんでいるほほ笑みが、まるで神の祝福のように見えてくる。

少年は首をかしげた。いつまで経《た》っても言葉を返してこないフランセットを、ふしぎに思ったのかもしれない。

「フランセットさま？」

「あっ、ごめんなさい。すこしのあいだちがう世界に行っていました」

「そうなのですか？」

「申し訳ありません、気になさらないでください。わたくしはフランセット・ロジェと申します。ロジェ国王の長女です。ええと、申し訳ございません、あなたは――」

フランセットは口ごもった。少年の存在に衝撃を受けるあまり、彼の自己紹介をよく聞いていなかったのだ。

あせっていると、少年は、かわいいくちびるにいたずらっぽい笑みをひいた。

「お聞きでなかったのなら、いいのです」

「でも」

「フランセットさまに早くごあいさつをしたくて――けれど、なかなか機を得られなくてそわそわしておりました。だから、こうして声をおかけできてよかった」

「わたしに？」

びっくりすると、「はい」とうなずきながら少年はうれしそうに笑った。花がほころぶような愛らしい様子に、フランセットは心のなかで身もだえる。

「フランセットさまにお願いしたいことがございます」

やわらかく告げて、石造りの床に少年は片ひざをついた。フランセットを見あげる瞳が、月光を受けて黒水晶のように光る。

天使のような美少年をひざまずかせているということを気にかけるよりも、彼の瞳の美しさのほうにフランセットはひきこまれた。

「僕と結婚してください」

「……」

ぼーっとひきこまれて――だから、少年の言葉は耳を素通りしてしまった。

もしかしたら、あまりにも現実離れした内容だったので、脳が自動的にしめだしたのかもしれなかった。

答えを返さないフランセットに対して、少年は、かわらない表情でもう一度口をひらいた。

「フランセットさま」

「はい」

名を呼ばれて、やっと意識が戻ってくる。

「僕と結婚してください」

「はい……、はい⁉」

内容が頭にやっと入ってきて、フランセットは驚愕《きょうがく》する。

「えっ、けっこ……結婚!?」

「はい、結婚」

「だれとだれが」

「あなたと僕が」

この美少年と自分が、結婚。

フランセットはぼう然として、すぐに我に返った。

「むり！　むりです！」

「なぜですか？」

少年の表情はおだやかなままだ。

「だってわたしはまだ十一歳だし、それにあなたはまだ、ええと」

「六歳です」

「五つも年下!?」

「フランセットさま」

手袋に包まれた彼の手が伸びて、フランセットのそれをとった。フランセットよりもいくぶんか小さな手だった。

「僕と結婚してください。生涯《しょうがい》、あなたを愛しつづけると誓います」

舞踏曲はつづいている。

涼しくそよぐ初夏の風は、けれどいまのフランセットの頬《ほお》を冷《さ》ましてくれない。

「そ……そんなことを、おっしゃられても」

片手をとらえられたまま、フランセットはぎこちなく首をふった。すると少年は、ふいに瞳をゆるめた。

「そうですね、申し訳ありません。性急に過ぎました」

「わ、わかっていただけたのなら」

「まずは手順を踏ませていただくことにします」

言って、フランセットの手の甲に彼はキスをした。

されて慣れたあいさつだが、フランセットの鼓動がとたんに大きくはねあがる。

少年は、きれいな所作で立ちあがり、すこしだけ低い位置からフランセットを見つめてきた。

「フランセットさまには僕のことをもっと知っていただこうと思います」

「えっ?」

「もっと知って、僕のことを好きになってください。そのあとで婚約をむすぶことにしましょう」

少年の言葉の内容をしばらく考えたのち、フランセットは眉《まゆ》をひそめた。

「あなたのことを知れば、わたしはあなたをかならず好きになるということですか?」

「そういうわけではありませんよ」

ほがらかに少年は言う。

フランセットは、すこしのあいだ沈黙したのちに口をひらいた。

「もしかしたらあなたは、相当に力のある国の王族の方ですか?」

彼は目を見開いた。

フランセットに冷静さが戻ってくる。

「失礼を申しあげました。けれど、あなたの言葉の端々にそういう印象を受けましたので」

「どういった印象ですか」

「忌憚《きたん》なく申しあげれば、少々傲慢《ごうまん》でいらっしゃいますね」

六歳の少年に対して厳しすぎるだろうかと思いつつも、お姉さんをからかったらあとが怖いということを教えておかなければならないという使命感に、フランセットはつき動かされていた。

「よろしいですか。いくら大国の王族でいらっしゃるとはいえ、年上の女性をいたずらに口説こうとする行為は、褒められるものではありません。手痛いしっぺ返しをいつか受けることになりますよ」

フランセットの説教に少年はびっくりしたようだった。やがて、考えこむようにつぶやく。

「傲慢……。そうか、傲慢か」

「それはすこし言いすぎましたが」

「いえ。助言をどうもありがとうございます。僕はどうも気負いすぎていたようです」

そのとき、少年のほほ笑みに別の色がまじった。どこかするどい印象が加わり、フランセットはどきりとする。

「わ、わかっていただけたのならそれでいいのです」

「あなたのようなすてきな女性に声をおかけするのに緊張しすぎていました。そのせいで、自分を大きく見せようとしてしまったのかもしれません」

年下の美少年の口から飛びでた「すてきな女性」の攻撃力に、フランセットは固まってしまう。

「だから僕は、フランセットさまを手に入れるために精いっぱいの努力をしようと思います」

「て、手に入れ……!?」

「あなたのもとへ毎日、両手いっぱいの花束を」

星空の下で少年はほほ笑んだ。

「僕が大人《おとな》になるまでそれをつづけたら、あなたは、僕の花嫁になってくださいますか？」

「花を……毎日？」

「はい。僕が大人になって、あなたを迎えに行くその日まで」

彼の手に自分のそれがとらえられたままだということに、いまさらながら気づく。

フランセットは断ることができなかった。信じがたいことに、たった六歳の——五つも年下の少年の言葉を退けることができなかった。

まっすぐに見つめてくる黒水晶のような瞳に、あらがえなかった。

フランセットが少年の正体を知ることになるのは、帰国して王宮に戻ったあとのことである。約束どおりひとつめの花束が届けられ、そえられていたカードを読んだときだった。

——親愛なるフランセット・ロジェ王女殿下へ。メルヴィン・ウィールライト。

「嘘《うそ》でしょ……！」

あの少年が、超大国の王太子だとこのとき初めて知って、フランセットは卒倒しそうになった。

（お、落ち着くのよフランセット。むこうは六歳の子どもなのだし、花を毎日贈るなんてこと、きっとつづかないわ）

美しい花束に動揺しつつも、当時のフランセットはそう思いこもうとしていた。

（それがまさか、十四年もつづくなんて）

春はブルーベル、夏はペチュニア。秋はコスモス、冬はサイネリア。

四季折々《しきおりおり》の美しい花束は、三百六十五日、十四年間ずっと、フランセットのもとに届きつづけた。まれに悪天候で届かない日もあったが、そういうときは倍以上のものが後日贈られてくる。

また、カードがそえられていたのは最初だけで、それ以降送り主の名は書かれなかった。ラッピングのしかたは毎回異なっていたので、フランセットの両親は、何人もの男性が入れかわり立ちかわりにフランセットに花を贈っていると、勘ちがいしていたようだった。

『フランセットはモテるのに、どうして縁談がうまくいかないのかしらねぇ。求婚もそこそこあったのに、土壇場《どたんば》になるとなぜか、白紙に戻してほしいと真っ青な顔で先方が訴えてくるのよね。絶望的な欠陥があなたにはきっとあるのだわ、かわいそうにねぇ』

母親は、嘆いた様子もとくになくそうぼやいていたものである。

(たった六歳の男の子が、毎日欠かさず花を贈ってくるなんて)

たとえ使用人にアゴで命じて贈らせていたとしても、たいしたものである。

弟がいるからよくわかる。たいていは面倒になり、命じることさえ忘れてしまうのだ。

そんな主人を見て、配達の手配を使用人もやめてしまう。

——僕が大人になるまでそれをつづけたら、あなたは僕の花嫁になってくださいますか?

(それがまさか、ほんとうになるなんて)

フランセットは弱小国の王女である。

しかし、その境遇を不幸に思ったことはない。

身の丈にあった相手といっしょになり、静かに暮らしていくのがいちばんだとフランセットは思っていた。堅実かつ現実的な自分の気性を充分に自覚していたので、地に足のついたつつましい人生計画を立てていたのだ。

だからこそ、超大国の王太子の妻――つまり次期王妃になるなんて夢にも思っていなかったし、なりたいという希望も持っていなかった。第一、そのような大役が自分につとまるとも思えない。

フランセットは、野心ばかり立派で実務能力ゼロの父親をフォローするために、国の政務を手伝っていた。だからこそ、国政を担《にな》うことがどれほどたいへんなことかを知っているのだ。

しかも、再三言うが相手は五歳も年下なのである。

(十四年前に一度お会いしただけなのだし)

だから、ふたたび会えば彼も考えをかえるはずだ。二十歳の若者なら、二十五歳の嫁き遅れよりも十代のキラキラした女性のほうがいいと思うに決まっている。

(まずは婚約を交わすだけだもの。とりあえず書類にサインしておけばいいわ。実際に会ってみたら、むこうから白紙に戻すよう願いでてくるはずよ)

ひとり盛りあがっている父親にはたいへん申し訳ないが、身の丈にあった人生を自分は送りたい。

フランセットは、いまこの時点ではそのように考えていた。


「すみませーん。そろそろよろしいですかね、ロジェ国王陛下並びに王妃殿下!」

明朗な声がフランセット一家の輪に投げこまれた。玉座の壇から下がった場所に、身なりのいい青年がひとり立っている。

彼は、ウィールライト王国特有の、白を基調とした軍の正装をすらりとした長身にまとっていた。

堂々とした立ち姿は、超大国がよこした使者としてふさわしいように見える。しかしなんとなく影が薄いというか、気配をあまり感じさせない青年なので、いまのいままでその存在を忘れていた。

あわてて姿勢をただしたフランセットの横で、父親はいそいそと返事をする。

「これは失礼をした、使者殿。婚約の書に署名をするのであったな」

上機嫌に鼻歌を歌いながら書類に羽ペンでサインをし、なんの迷いもなく父は印判を捺《お》した。

「どうも、たしかに」

使者は、今度はフランセットに目をむけてくる。

「じゃあ、次。王女殿下にお願い申しあげる」

「わたくしもですか?」

フランセットはいぶかしんだ。通常は、父親がサインをすれば事足りるはずだ。

使者はうなずく。

「我が国の慣例なので」

「……承知いたしました」

フランセットは息をつきつつ従うことにした。

使者にしては軽くてえらそうな青年だが、それもそのはず、彼はウィールライト王国の第三王子だという。つまり、王太子メルヴィンの弟ということになる。

婚約の使者になぜわざわざ王子を遣わしたのだろう。ふしぎに思いながらも、フランセットは書類にサインをした。

「ありがとうフランセット。きみもかわいそうだね」

書類を手渡したフランセットに、くすくすと笑いながら第三王子が言った。

「……はい？」

「これでもう、あんたはメルヴィンから逃げられない」

フランセットにだけ聞こえるような声でささやいて、彼は書類をさし示した。

「ほら見てごらん。じつはこれ、婚約についての契約書じゃないんだ」

「は？」

「うらむなら俺《おれ》の兄貴をうらんでね。言わずもがな、メルヴィンのことだけど」

眉をよせつつフランセットは書類を見下ろした。

そして、そこに書かれている文字列を読んでがく然とした。

「婚姻……宣誓書？　ちょっと待って。これ、婚約じゃなくて結婚の宣誓書じゃない！」

「はは、そうだよフランセット。婚約を一足飛びにして、きみはメルヴィンと結婚してしまったんだ。

ほら、ここにメルヴィンの署名もあるでしょう？」

「う、うそ……！」

フランセットは、第三王子から書類をひったくって穴があくほど見つめた。

やがて、顔面どころか全身が蒼白《そうはく》になる。周囲の人々がざわつきはじめたが、かまっていられない。

「な、なんで……どうして婚約をすっ飛ばして結婚なの？　一度しか会ったことがないのよ、しかも十年以上前に！」

「一度会っているだけいいじゃない。会ったことのない相手と結婚するくらい、王族じゃふつうでしょ？」

第三王子は、手から書類を抜きとって筒にしまいこんだ。ぼう然とたたずむフランセットにむけて笑う。

「ま、俺はそんなのごめんだけど」

「す、すぐにとり消して！　名前を消して！」

「冗談でしょ。んなことしたら俺がメルヴィンに殺されちゃう。おっかないんだよ、あの人」

「殺されるって――」

フランセットの背すじが冷えた。

あの優しげな天使が、こんなことでじつの弟さえ処刑するような横暴王太子に成長したとでもいうのか。

「そんな暴君に嫁げっていうの!?」

「だって署名したのきみでしょ」

「だましうちよ！　詐欺《さぎ》だわ！」

「はいはい、フランセットの主張はわかったから。そういうのは俺じゃなくてメルヴィン本人に言おうね」

フランセットのとなりでは、両親が、事情をよく理解していないような顔できょとんとしている。おそらく彼らはまったく役に立たないだろう。

フランセットは第三王子に食ってかかった。

「本人に言うもなにも、王太子殿下がわたしを見て『思っていたのとちがった』となったらどうするのよ！　一度結婚したら一生別れられないじゃない。離婚は国教の教理が許さないでしょう？」

「ああ、それについては大丈夫」

第三王子はあっさりと言う。

なにが、どこが大丈夫なのか。フランセットは、大混乱のさなかで口をぱくぱくひらいた。ちなみに声は出ていない。

「どーでもいいから早く準備して。あんまり遅いと、兄さんがここに乗りこんできちゃうよ」

「準備って、準備って、いったいなんの」

「お輿《こし》入れの準備に決まってるでしょ。外にデカい馬車待たせてあるから、フランセットは必要最低限の物だけ持ってきて。だいたいの物はこっちで手配するからさ」

「はあ!?」

「ほらほら、早くしてフランセット」

「ちょ、待、お父さま、お母さま、なんとかして!」

藁《わら》にもすがる思いで助けを求めれば、彼らはなんと喜びをあらわにしていた。

「あらあら、婚約をすっ飛ばしていきなり結婚だなんてぞくぞくするわねぇ」

「うおおすばらしいぞフランセット！　このまま超大国さまにお輿入れをするのだ。そして王太子妃になり、絶大なる権力を手にし、我が国にそのおこぼれをさずけるのだァ！」

だめだこいつら、まったくもって役に立たない。

フランセットが絶望していると、第三王子はクスクスと笑った。

「ほら、俺、最初にあんたに言ったでしょ？」

フランセットが視線をあげる。第三王子が告げるのと同時に、彼の背後にある両びらきの扉がゆっくりとひらかれていく。

「かわいそうだね、フランセット。あんたはメルヴィン・ウィールライトにつめの先まで愛されて、あいつの腕のなかからもう一生出られない」

コツ、と足音が響く。一定のリズムで刻まれる音はそれだけで優美さを感じさせた。

ぼう然とするフランセットの前から、第三王子が身を横にひく。すると、扉をあけてこちらへ歩を進める青年の姿があらわになった。

彼は、ウィールライト王国軍の正装に身を包んでいた。上質そうな白の布地に金色の肩章《けんしょう》、そこから下がる紐《ひも》飾りが揺れて、いくつもの徽章《きしょう》がなめらかに光っている。第三王子のものと似ているが、より華やかで、しなやかな威厳があった。

「フランセット」

凛《りん》とした低音が耳をうつ。

フランセットは息をするのも忘れていた。

きっと、この場にいたロジェの民全員が、彼の雰囲気に呑《の》まれてしまっていただろう。

すらりとした長身と、服の上からでもわかるほど鍛えあげられた体躯《たいく》。男性的な体つきをしているのに粗野な感じを受けないのは、彼の所作のすみずみに品があるからだろう。

さらりとつやめく髪は漆黒をして、瞳の色もまた黒い。十四年前の夜にもひきこまれた黒水晶は、以前よりいくぶんか深みを増していた。

（嘘でしょ。だって。そんな、まさか）

こんなところまで来るなんて――王太子自ら、このような弱小国に婚約者を迎えに来るなんて、フランセットが考えもしなかったことだ。

(婚約者じゃなくて、わたしはもう)

「フランセット・ロジェ王女殿下」

彼の長い足で、一歩手前。

その近い距離で彼は――メルヴィン・ウィールライトはやわらかくほほ笑む。

「ひさしぶりだね。十四年ぶりだ」

「ど、どうしてあなたがここに。あの宣誓書は」

「フランセット」

顔立ちは、精巧《せいこう》なつくりもののように整っているが、目もとがゆるむと子犬のような愛嬌《あいきょう》が乗る。

メルヴィンはその場で片ひざをついた。あの夜バルコニーでしたのとおなじしぐさだった。

動揺しきりのフランセットに、彼は手を差しのべる。

「あのときの約束を果たしに来たよ、フランセット。あなたは、僕の最愛の花嫁になってくれますか？」

フランセットは答えることができなかった。

あまりのことに言葉を失ってしまったのだ。

メルヴィンはふと苦笑した。軽い動作で立ちあがって、フランセットの細腰を両腕で抱きよせる。

「なっ……！」

「そういえばあなたは、聞くまでもなくすでに僕の花嫁だったね」

「な、な……！」

「あなたはもうフランセット・ロジェじゃない。フランセット・ウィールライトだ」

「ち、ちが」

「ちがわないよ。ねえ、アレン？」

メルヴィンが目をむけるとアレンは、宣誓書入りの筒を自身の肩にトンと置いた。

「万事おおせのままに、王太子殿下」

「上出来」

やわらかく笑ってメルヴィンは、フランセットの頬にキスをした。

「な――!!」

「さあ、行こうかフランセット」

「えっ、ちょ、きゃあっ」

メルヴィンは唐突にフランセットを横抱きにした。シンプルなかたちのドレスの裾《すそ》がふわりと宙に舞う。

「きれいなドレスだね」

「ど、どうも。というか下ろしてくださ――」

「でもあなたには、僕が贈るドレスをいつも着ていてほしいな」

メルヴィンは甘ったるくほほ笑む。

「ようこそ僕のもとへ、フランセット。あなたを生涯愛しつづけると誓うよ。世界でいちばん幸せな夫婦になろう。――大好きだよ」

うれしそうに告げて、フランセットの頬にメルヴィンはふたたび口づけた。

(ど……)

馬車が揺れる。

この箱馬車がとにかく大きい。

シンプルなつくりだが、素材の質のよさはひと目でわかった。ロジェ王室所有のものの数十倍のお値段がするだろう。

(どうしよう……)

お金のかかっていそうな箱馬車の、やたらふわふわした長椅子《いす》のすみに縮こまりながら、フランセットは途方に暮れていた。

(わたしに味方はひとりもいないんだわ……)

むりやり輿入れさせられそうになっていたのにもかかわらず、両親と弟はすこしもとめに入ってくれなかった。「いきなり輿入れとか！　むりです！　むりだから！」と訴えるフランセットを、ほがらかに送りだしたのは、ほかでもない彼らである。

野心だけは立派な父は、諸手を挙げて万歳三唱《ばんざいさんしょう》。王妃は「嫁き遅れが玉の輿《こし》に乗るなんて、とっても幸運ね」とマイペースにほほ笑み、弟にいたっては「僕が遊びに行ったときにはおいしい名物用意しておいてね」とじつに自分勝手な要望をそえていた。

しかしながら、もっとも自分勝手なのはとなりに座っているメルヴィン・ウィールライトその人であるとフランセットは確信している。

(もうだれも信じられない……)

カーテンにやわらげられた日差しが箱内を照らしている。

ぐったりと失意に暮れていたフランセットは、自分にそそがれる視線をとなりからずっと感じていた。

(いつまで見ているつもりなの)

長いあいだ見つめて楽しめるようなものでもないだろう。フランセットはついにたえかねて、メルヴィンのほうに目をむけた。

「そんなに見つめられると、体が穴だらけになってしまいそうなのですが」

するとメルヴィンは、驚いたように目を丸くしたあとうれしそうに笑った。

「ああ、ごめん。あなたがとってもかわいいからつい見つめてしまうんだ」

「はあ?」

「そうだフランセット。飴《あめ》は好き?」

「はあ」

「あげる」

メルヴィンは、小さな袋からとろりとした色あいの飴玉をとりだした。半びらきになっていたフランセットの口にそれが押しこまれる。

びっくりして口を閉じたら、メルヴィンの指ごと食べてしまった。

「おいしい?」

メルヴィンはゆっくりと指をひき、そこに付いたフランセットの唾液《だえき》をぺろりとなめた。

美しい青年の、なんだかいやらしいしぐさにフランセットの体温がいっきにあがる。飴がおいしいかどうかなんて――

「わ、わかりません！」

「そう。あなたの味のほうが僕には甘かったな」

「えっ？」

「もしかしたら知っているかもしれないけれど、僕の領地はロジェ王国との国境にほど近いところにあるんだよ」

フランセットを不当にひっかきまわしたあとで、メルヴィンはいきなり話題をかえてきた。

「馬車で駆けて半月くらいかな。それで僕の領地の屋敷につける。しばらくはそこで過ごそう」

「領地、ですか？　王都ではなく？」

フランセットは眉をひそめる。

（詐欺のような手口だったが）結果的に王太子と結婚したのだから、都の王宮を訪ね国王に謁見するのが当然の流れだろう。そのほかにも、結婚式や披露宴、国民へのお披露目など、さまざまな行事が王都で目白押しのはずである。

そういった仰々しい催事がフランセットはいまから憂鬱《ゆううつ》だった。

（それ以前に、この結婚自体に大いに疑問があるのよね。そのことについて王太子殿下ときちんとお話をしないと……）

フランセットの懊悩《おうのう》を知ってか知らでか、おだやかな口調でメルヴィンはつづける。

「王都までわざわざ行かなくても、僕の領地なら充分な生活をさせてあげることができるからね。王宮のほうは、そうだな。もうすこし落ちついてから連れていくよ。そんなことよりフランセット」

　自分から領地の話題をふっておいて、メルヴィンはまた話題をかえた。

「その飴、僕も食べたいな」

「……袋のなかにまだ残っているのではないですか」

「フランセット、こっちにおいで」

「こっちって、どちらですか」

「僕のひざの上」

「は⁉」

「おいしそう」

　逆に身をひいたフランセットを追うように、メルヴィンが距離をつめてきた。おそろしいほどきれいな顔が目の前に来て、フランセットの心臓がバクバクし始める。

「ち、ちか、近いです、王太子殿下」

「メルヴィンでいいよ」

「そんなおそれ多い」

「フランセット」

　たえきれなくて顔をそむけたら、指先であごを掬《すく》われた。そのままごく自然に彼のくちびるが重なる。

「⁉」

　熱をおびたやわらかさがフランセットのくちびるを覆った。

目を見開いたごく間近で、彼の瞳《ひとみ》が笑みのかたちに細められる。それからゆっくりと、長いまつげにふちどられた瞳がふせられた。

彼の舌がくちびるを這《は》う。濡《ぬ》れた熱に、フランセットはびくりと肩をふるわせた。

「っ、ん」

「フランセット……」

かすれた声でささやかれ、また重なる。

甘やかな吐息がからんで、頭の芯《しん》がぼうっとしかけて——口づけられているとフランセットが自覚したのは、このときだった。

「だめ、です、殿下……っ、ん」

フランセットの口のなかに、彼の舌が差し入れられた。

「ん、ぅ……」

舌の表面をなでられて、彼の舌が飴玉をさらった。自身の口のなかにそれを入れて、メルヴィンがつぶやく。

「甘いな」

くちびるが離れたので、フランセットはあわてて顔をそむけた。

「あ、飴玉なんだからあたりまえです。そんなことよりいきなりキ、キ、キスするなんて」

ガリッと音がした。メルヴィンが飴を噛《か》んだのだ。

「ああ、そうじゃなくて。フランセットの声が」

「声？」

「もういっかい」

「待っ――」

たくましい腕で腰を抱きよせられ、うしろの髪に手を差し入れられてくちびるを奪われた。

甘みの残るメルヴィンの舌がまた入ってきて、縮こまるフランセットのそれに優しくからんでくる。

「や、も……」

「ほら、その声」

彼の吐息がくちびるに溶ける。目をあければ、漆黒の瞳が濡れたように光っていた。

「甘ったるくて、かわいい」

「でん、か……」

フランセットのくちびるを優しく噛んで、それからメルヴィンはキスをほどく。

力の抜けてしまった体を（不本意ながらも）メルヴィンにあずけながら、フランセットは弱々しく言った。

「手慣れすぎじゃ、ないですか」

「そうかな。本能のままに動いただけなんだけど」

「本能って」

「もうすこし先まで本能に従ってもいい？」

「っ、だめです！　だめー！」

ふいに抱きよせられたので、渾身《こんしん》の力でフランセットはべりっとメルヴィンをひきはがした。「いたた」とメルヴィンは顔をしかめている。

残り二週間もこのような旅がつづくなんて、心身ともにもちそうにない。

「王太子殿下。わたし、べつの馬車に移《うつ》」

「却下」

超大国の王太子は、反応速度も超一流だった。


十四年ぶりに再会した、メルヴィンの初恋の女性フランセットは、しとやかにきらめく宝石のように美しかった。

やわらかく弧をえがくプラチナブロンド。なめらかな頬は薔薇《ばら》色に色づき、長いまつげにふちどられた瞳は純度の高いサファイアのようだ。十四年前見たときよりも大人びて、女性らしい華やかさを増していた。

十四年前からずっと、彼女との再会をメルヴィンは待ちこがれていた。だからこそ、弟のアレンに使者を任せたりせず、彼女のもとをいちばんに訪れたかったほどだ。アレンや侍従から全力でとめられたからがまんしたけれど。

あの舞踏会の夜、ひとめ見たときから彼女に心を奪われていた。

一輪の花のように凛とした立ち姿や気品ある所作、そしてなにより、裏表のない笑顔にメルヴィンは目をひかれた。両親に連れられて他国の王族たちにあいさつしているときも、彼女は作り笑いなどをしていなかった。疲れたときには小さく息をついていたし、うれしいときは花の咲くような笑顔を見せていた。

そしてなにより、バルコニーで交わした会話がメルヴィンの心に深い印象を刻みこんだ。フランセットは、あのころメルヴィンの周囲にいただれよりも素直な心でメルヴィンにむきあってくれたのだ。

(あのころは……いろいろあったからな)

いま思い返せば、当時六歳だった自分にウィールライト王家の内部事情は重すぎた。

けれどメルヴィンは必死だった。からまりきった状況をなんとかよくしようとして、一生けんめいもがいていた。

黒々とした情念がうずまいていた当時の王宮のなかにあって、だからこそ、好きな女性のために花を選ぶ行為は、清浄なひとときをメルヴィンに与えてくれたのだ。

彼女にあこがれと理想を押しつけすぎている自覚はある。それでも再会した彼女は理想にたがわず、いやそれ以上の女性に成長していた。

青い瞳ににごりはなく、すっと立つ姿は凛として、明朗な声はまっすぐにメルヴィンに届いた。メルヴィンは、彼女と再会したそのとき、二度目の恋に落ちていた。

「いいですか王太子殿下。き、き、キスをするときは事前にそうおっしゃってください。そうでないと困ります」

揺れる馬車のなかで、背中を壁にぴったりとひっつけながらフランセットは訴える。

大国の王太子に対して彼女ははっきりとものを言ってくる。こういうところも十四年前とかわらない。

フランセットにさらなる好感を抱きつつ、メルヴィンはうなずいた。

「うん、わかったよフランセット。あなたの言うとおりにする。原則的に、キスするときは事前に言うね」

「原則的に、というお言葉が非常にひっかかるのですが」

「例外は許してほしいな。突然昂《たか》ぶってしまったときはむずかしいから」

「だ、だから！　そういうことが！　ふいうちのキスとか、そういうことがけしからんと申しあげているのです！」

湯気が立つほどフランセットは赤面している。感情がすぐに表に出てかわいいから、メルヴィンはつい頬をゆるめてしまう。

「うん、わかったよフランセット。あなたをびっくりさせないようにがんばるよ」

「最大限の努力をお願いします、かならずですよ」

彼女はなんとか平常心をとり戻したようだった。息を落ちつかせてからまっすぐにメルヴィンを見つめてくる。その青い瞳にぞくぞくする。

「そもそもですね。大国の王太子たるもの、いっときの煩悩《ぼんのう》に流されてはなりません。自制心の欠けた王太子に超大国の舵《かじ》とりを任せようとする者がどこにおりましょうか。勝手が過ぎると、次期国王の座からひきずりおろされるかもしれませんよ」

「あはは、フランセット。あなたはすごくまじめだね」

メルヴィンは、彼女の小さなあごを指先で掬いあげて、くちびるにキスをした。

「……っ、な、な」

「賢いフランセット、あなたのものになれて僕は幸せだよ」

「わっ、わたしは、殿下を自分の所有物にした覚えはありません！」

「それなら僕のものにあなたがなってくれる？」

メルヴィンはきゅっとフランセットを抱きしめた。彼女の髪からは、フリージアのような健《すこ》やかな香りがした。

「大好きだよ、フランセット。叶《かな》うならあなたの笑顔をいちばん近くでずっと見ていたいな」

「殿下は場数を相当踏んでいらっしゃいますね？」

「愛の告白をしたのも口づけたのも、あなたが人生で初めてだよ」

「とても信じられません」

「疑うなんてひどいな」

「わたしがひどい……!? いま一度、ご自身の行動をふり返っていただきたい！」

メルヴィンの腕のなかで、フランセットはぐるぐると反論をくり返している。そんな彼女の香りとやわらかさは、メルヴィンをこの上なく幸せにしたのだった。


夕暮れどき、一行は宿場街道にたどりついた。

数ある宿のうち、もっとも豪華な四階建ての前で馬車がとまる。

エントランスの先にある広間に入ったのち、そのまま部屋へ案内されそうになったが、休むよりも先にひとりの時間がフランセットは欲しかった。気持ちを落ち着けて、考えを整理したかったからだ。

そこで、侍従に声をかけられたメルヴィンのすきをついて、ひとりきりで宿を出ることに成功した。

王家の姫として褒められた行動ではないが、とにかくいまはひとりになってひと息つきたかったのである。

（殿下といると、体温があがりっぱなしでそのうちほんとうに熱を出してしまうわ）

あの余裕のありよう。あれでも五歳年下なのだ。見た目は二十歳の若者だが、女性の扱いに長《た》けすぎているため遊び慣れているとしか思えない。

けれど、彼は花を毎日贈ってくれていた。それだけを考えれば、一途な純愛をむけてくれていたと解釈することもできるのだが。

（でも、やっぱりわたしにはむりよ。王太子の奥方という大役はつとまらないわ）

宿場街道のまんなかに広場があった。春の花が花壇に咲いていたので、手近にあるベンチにフランセットは腰を下ろす。

（黄水仙……殿下が贈ってくださったなかにもあったわね）

清廉《せいれん》な黄色がとても美しかったことを覚えている。

贈られてくる花束はそのときどきによって趣向がちがっていた。たくさんの色を使った華やかなものだったり、グラデーションにしてしっとりとまとめたものだったり、一色のみを使ったいさぎよいものだったりした。

うっとりしてしまうほどの花束をフランセットは毎朝受けとっていた。最初はただ驚き、そしてとまどい、そのあとは――

フランセットはため息をつく。

（あれはずるいやりかただわ。だってあんなことをつづけられたら、ときめかざるをえないんだも

の）

朝起きてすぐに花束を受けとることは、いつしかフランセットの楽しみになっていた。

メルヴィン以外にもフランセットに求婚を申し入れてくれた男性は何人かいる。しかしどうした理由からか、むこうから求婚のとり消しを突然願いでてくるという事態が頻発していた。

理解しがたい状況にフランセットがそれほど落ちこまなかったのは、毎朝届けられる贈り物があったからにほかならない。

（十四年前に告白されたときだって、格下のわたしの諫言《かんげん》を怒ることなく受けとめてくださったし）

なにしろ当時は六歳の少年である。むかっ腹が立って「ちちうえに言いつけてやる！」というような騒動になってもおかしくなかった。

「それほど悪いお方ではないのかもしれない……」

ぽつりとつぶやき、自分の頬がほんのり染まっていることに気づいて、フランセットはあわてて首をふった。

「ちがうちがう！　わたしは身の丈にあった生活を送るのよ。超大国の政務や複雑な人間関係に悩まされつづけてハゲるのはごめんだわ」

生国のロジエは新興の小さな国だ。そのため慣習にうるさくない自由な気風があった。

弟とふたりで城下へ遊びに行くこともあったくらいで、民は「姫さま、太子さま、こんにちは！」と笑顔で話しかけてくる気安さがあった。

そういう国風をフランセットはむしろ気に入っていた。しかし古豪ウィールライト王国となるとそうもいかないだろう。

「早く、婚姻契約の有効性について殿下と話をしないと……」

悪あがきだとわかってはいるが、この結婚を考え直してもらえるかどうかを確認したい。そうしなければ心の整理がつかないのだ。

フランセットはため息をついた。そろそろ宿に戻ろうと腰をあげ、広場を歩きはじめたときだった。どん、となにかがぶつかってきて、見ると、五歳くらいの女の子が地面に尻《しり》もちをついている。

フランセットはあわててしゃがみこんだ。

「ごめんね、けがはない？」

「あっ、風船が」

空のほうへ女の子は両手を伸ばした。ピンク色の風船がふわふわと舞いあがって、大きな木の枝にひっかかってしまう。

「うえーん、あたしの風船ー」

「お姉さんにまかせて。とってきてあげる」

女の子を安心させるために笑いかけ、フランセットは立ちあがった。木をよじのぼろうとして、自分がドレス姿だということに気づく。

(さすがにこれで木のぼりするわけにはいかないし、かといってジャンプしても届かない高さだし)

「ちょっと待ってて、宿に行って台になるようなものを借りてくるわ」

きびすを返したそのとき、優しい風が正面からふわりと吹いた。

フランセットの巻き毛がうしろに流れる。風のゆく先を目で追うと、木にひっかかっていた風船を気流がゆっくりと浮きあがらせるのが見えた。

そして、信じられないことにその風は、あらわれた青年の手に風船を届けたのである。

「はい、どうぞ」

メルヴィンは、優しくほほ笑みながら風船の紐を女の子に差しだした。女の子は、涙のたまった目をぱちくりしたが、すぐに満面の笑顔になる。

「ありがとう、おにいちゃん！」

「どういたしまして。そろそろ暗くなってきたから、気をつけて帰るんだよ」

「はーい！」

元気に返事をして、風船をふわふわさせながら女の子は帰っていく。フランセットは、驚きとともにメルヴィンを見あげた。

（そういえば、ウィールライト王国には不思議な力を使える人々がいると聞いたことがあるわ）

深い森林や険しい山岳を擁する広大なウィールライト王国は、人口もけたはずれに多い。

豊かな自然に抱きこまれた土地の恩恵なのか、人口の多さゆえか、超常的な力を持つ人間がまれに生まれてくると聞いている。

（そして、ウィールライト王家のほぼ全員にその力の顕現が見られると――）

その力は魔法と呼ばれ、だからこそ王家は、絶対的な権力を握っているのだと。

「たしかに穴だらけになりそうな感じはするね」

メルヴィンがふと笑った。きれいな漆黒の瞳にフランセットはひきこまれてしまう。そこに夕日の赤が差しこんでも、黒に溶かしこまれてあとかたもない。

メルヴィンの指が伸ばされて、フランセットの頬にふれた。

「あなたのかわいい瞳にじっと見つめられると、どきどきする」

「……!?」

「あ、ほっぺが林檎《りんご》みたいになった。食べてみてもいい？」

言葉どおりぺろりと頬をなめられて、フランセットは我に返った。

「待っ――、ここは外！　外です！」

「うんそうだね。見てごらん、きれいな夕日だよ」

「王太子殿下！」

大きな声を出しそうになって、フランセットはぐっと息をつめた。

（だめよ、フランセット。年下の男性を外でどなりつけるなんて褒められたことじゃないわ）

フランセットはせきばらいをしつつ、いま一度メルヴィンを見あげた。

「王太子殿下。折り入ってお話があります」

「なに、フランセット？」

目があうとうれしそうにメルヴィンは笑う。

笑顔にほだされそうになる己を律して、フランセットは口をひらいた。

「男女の行為を人の目があるところでしてはいけません。風紀が乱れます。だから、こういった広場で、き、き、キスをしたり、く、口説き文句を連発したりしたらいけません」

「いやだなフランセット、それくらいなら僕もわかってるよ」

「わかっていらっしゃらないから申しあげているのです」

「でもせっかくあなたといっしょにいられるんだし、いまできそうなことは全部してしまいたいじゃない。――あ、ドレスの裾がよごれてしまったね。さっきしゃがんでたからかな」

メルヴィンは地面に片ひざをついた。

王太子であり、（あまり認めたくないが）夫でもある男性にかしずかれるようにされて、フランセットは大いにあわてた。

「お、お立ちください殿下！」

「替えのドレスはたくさん持ってきたから心配しないで。そういう問題でもないかもしれないけれど」

フランセットを見あげてメルヴィンは口もとに笑みをのせる。

けれど、さっきより声のトーンが低まった気がして、フランセットは言葉につまった。

「僕の空耳だったかな。フランセットが、台によじのぼって風船をとろうとしていたように聞こえたんだけど」

さーっとフランセットの顔から血の気が失《う》せた。

公式の場ではそれらしくふるまえるところがフランセットの特技だ。けれど、そうでない場所ではつい素を出してしまう悪癖があった。

それは、王族という立場にしてはいささか行動的に過ぎるという性質である。

「も、申し訳ありません！　王女にあるまじき……い、いえ、お、王太子妃にあるまじき、はしたない行為をしようとしてしまいました……！」

自分が王太子妃になったなどと認めたくはない。

けれど、だましうちにされたとはいえ婚姻宣誓書にサインをしてしまい、輿入れの馬車で運ばれている以上、対外的にはフランセットはメルヴィンの妻である。

だから、ウィールライト王室の品位を下げるような行動をしてはならないのだ。

（それくらいの分別は、わたしにもあるわ）

メルヴィンの評判を落とさないよう、けじめはきちんとつけたかった。

「今後このようなことが起きたらほかの者を呼びます。どうかお許しください、メルヴィン殿下」

彼よりも高い位置にいてはいけない。フランセットは両ひざを地面についた。ドレスがふわりと広がって、彼の足先に裾がふれる。

メルヴィンは、びっくりした顔になったあと困ったように笑った。

「ああ、そうか。あなたはまじめな女性だったね」

「え？」

「ウィールライトの王室は堅苦しいところじゃないから、作法なんかはあんまり気にしなくていいよ。僕のすぐ下の弟は女遊びばかりしてるし、その下の弟のアレンは庶民みたいな服を着て、剣ひとつぶら下げて年中王国内を探索してるしね」

「ええっ」

「僕らの国は歴史が古いかもしれないけれど、みんな好きに生きてるよ。だからあなたもあなたらしくいて。僕は、フランセットらしいあなたが見たいんだ」

言いながらメルヴィンは優しく笑う。予想外の言葉にフランセットは面食らった。

（わたしらしく、だなんて）

そんな言葉をほほ笑みながら言われてしまうと、くやしいけれど感動してしまう。

フランセットは、動揺を隠すためにうつむいた。そのままぽつりと声を落とす。

「……そんなこと」

「ん？」

「そのようなことを王太子殿下がおっしゃるものではありません。大国の王族としてふさわしいふるまいをしなければならないのは、あたりまえのことでしょう？」

「うん、そうだね。あなたの言うとおりだよ」

メルヴィンはうれしそうな声で言う。それからフランセットの頬を両手で包んで、そっと上をむかせた。

「フランセット、さっきよりも顔が真っ赤だ」

「ゆっ、夕焼けのせいです！」

「キスしたいな」

「えっ？」

「キスしてもいい？」

「ここは、そ、外ですから！」

「うん」

知ってるよ。

ささやきながら、すこしだけ顔をかたむけて、メルヴィンはくちびるをよせてきた。それはゆっくりした動きだったから、フランセットは彼を途中でとめることができたはずだった。

「……ねえ、フランセット」

くちびるに甘い余韻が残る。吐息のふれる距離にあって、彼の瞳に甘いせつなさがよぎる。

「僕は、危ないことをあなたがしようとするのがいやなだけだよ。ドレスが汚れるだけならいい。けれど、あなた自身はいやだ」

もう一度くちびるが重なる。

やわらかい微熱に溶かされてしまうようなふれあいを、フランセットはこのとき初めて心地いいと感じた。


（……って、みごとに懐柔されかけたけど！）

宿の客室に帰りついたあとで、フランセットはやっと我に返った。

（そもそも、婚約の契約書だといつわって婚姻宣誓書にサインさせるという暴挙に出たのは王太子殿下のほうなのよ。どう考えてもあれはだましうちだわ）

この件について、今夜はメルヴィンをじっくり問いただしてみよう。拳《こぶし》を握ってフランセットはそう決意した。

（そこでもし、殿下から誠意のある対応が返ってきたら。そうしたら）

そうしたら？

どうしてか頬が熱くなってきて、フランセットは両手でそこを押さえた。

（だってほんとうに……悪いお方ではないかもしれないのだもの）

大国に嫁ぐという不安でいっぱいだったのを、メルヴィンは優しくなだめてくれたのだ。

どきどきしはじめた心をフランセットは自覚した。もしかしたら、メルヴィンとならあたたかい家庭を築けるかもしれない。そう思いかけている自分をもてあます。

（とにかく平常心よ、フランセット。まずは今夜、きちんと殿下と話しあって――）

そこでふと気がついた。

そう、いまはもう夜である。

この豪勢な客室まで宿の支配人が案内してくれたとき「こちらが王太子殿下と妃殿下のお部屋でございます」と告げられたことを思いだす。つまり、今夜はメルヴィンと相部屋ですごすのだ。

そして、室内にベッドはひとつしかなく、それ自体が、ひとり寝をするにはやけに大きい。

「……!?」

「ああそうだ、フランセット。先に夕食にする？　それともお風呂《ふろ》にする？」

「えっ、な、なに、なんです？」

「どっちでもいいなら先にお風呂にしようか。ひろい湯船があるみたいだし、いっしょに入ろうよ」

「お断りします！」

フランセットは即答した。

メルヴィンの表情は、今日いちばんのがっかり感をかもしだしていた。

「お風呂に入ったし、夕食も食べたし、あとは寝るだけだねフランセット！」

キラキラした笑顔でメルヴィンは言う。フランセットは顔色を失いながら、ネグリジェの胸もとを握りこんだ。

(というか……このネグリジェ!)

生地が薄い。

あたたかい春の夜とはいえ、あまりにも薄い。

(透けていない? これ、透けているわよね)

胸下きり替えのフルレングスから、体のラインがうっすらと見えているような気がする。

コルセットはもちろんつけていなくて、その上シュミーズすら与えられなかった。薄い絹の下は真っ裸なのである。

突然の輿入れ騒動のせいで、フランセットは私物をほとんど持ってこられなかった。だからこのネグリジェはメルヴィン側が用意してくれたものだ。着替えを手伝ってくれた侍女もメルヴィン一行の女性である。

「どうして壁に張りついているの、フランセット?」

メルヴィンは不思議そうに首をかしげている。

彼の姿を見て、フランセットはよりいっそういたたまれなくなった。

(中性的なお顔立ちをされているのに)

ガウンのあわせからのぞく胸板は鍛えあげられていてたくましい。ふれたらきっととても固いのだろう。

(ふれたら、って)

また体温があがる。

恋愛経験皆無とはいえフランセットは二十五歳だ。男女の閨《ねや》ごとについての知識は当然ある。結婚した男女が初めて迎える夜。それは、

（し……し……初夜……!?）

「フランセット？」

目の前にとんでもなくきれいな顔が突然現れたので、フランセットは「ひっ」とのけぞった。

メルヴィンは眉をよせる。いつも思うが、彼は表情がとても豊かだ。

「その反応、傷つくなぁ」

「も、申し訳ありません。でもわたし、殿下にお話したいことがありまして」

「うん、なに？」

ふわりとメルヴィンは笑う。くやしいが、笑顔はかわいい。こんなふうに笑う青年が、荒々しい男性の欲望を持ちあわせているとはとても思えない。

フランセットはしかし、飴玉にまつわるあれこれを思いだして、その考えを即座に捨てた。

とにかく婚姻宣誓書についての話を、と口をひらきかけたときである。メルヴィンが、フランセットの顔の横にトンと手をついた。

「ねえ、フランセット」

長身のメルヴィンに見下ろされて、フランセットは固まった。つやのある黒髪は湿りけをおびていて、男らしいうなじに張りついている。その様子がとんでもなくなまめかしい。

フランセットの頭のなかは、もうたいへんなことになっていた。心臓がばくばくして、顔はきっと真っ赤になっているだろう。

フランセットの様子を見てなにを思ったのか、メルヴィンは小さく笑った。彼の赤い舌が、ちらりと自身のくちびるをなめる。

フランセットはそれを、ぞくりとしながら見あげることしかできない。

彼から目をそらすべきだ。心臓がもたない。けれど、黒水晶のような瞳の奥に熱源が見え隠れしているように思えて、そこから目を離せない。

(殿下は五つも年下なのに、どうしてわたしよりも色気があるのよ……！)

「おびえた顔もかわいいね。このままひと息に食べてしまおうかな」

「っ――」

キスされる、と思ってとっさに顔をそらした。

キスがいやだったのではなくて、ただびっくりしただけだった。

(馬車のなかでされたときは、いやだとしか思わなかったのに)

感情の変化にフランセットはとまどう。直後、彼のほうへさらしたうなじにやわらかな熱が落ちた。

フランセットは息を呑み、全身をこわばらせる。

素肌をくちびるでたどられて、それから軽く吸われた。フランセットの背すじにぞくりとさざ波が立つ。

「待っ……、王太子、殿下」

「広場では名前を呼んでくれたのに、もうそうしてくれないの？」

彼の指先がフランセットのくちびるにふれる。顔をあげて、メルヴィンはフランセットを見下ろした。

その瞳がひたむきに見えて、フランセットの胸をしめつけてくる。

(ほんとうに、ずるいわ)

こんな目をされてしまったら、あらがえなくなる。

乞《こ》うようにメルヴィンはささやく。彼の指にふれられているくちびるが疼《うず》くように熱い。

「フランセット」

「……メルヴィン、さま」

彼の望みに応《こた》えたのに。

メルヴィンはなぜかせつなげに眉をよせて、フランセットを片腕で抱きよせてきた。

くちびるの端へと彼の指がすべり、それから優しくうなじをたどる。彼の指先が離れたくちびるに、そっと口づけられた。

やわらかくて甘い。その感触に呑まれそうになり、フランセットは怖《お》じけづく。身をひこうとしたら、とがめるように軽く歯を立てられた。

「……っ」

「逃げないで、僕から」

熱い吐息の下でメルヴィンが告げる。

「ひどいことをしたくなる」

ネグリジェの生地をふっくらと押しあげる乳房を、彼のてのひらが覆った。

柔肉に深く沈んでいく手の、その大きさと固さにフランセットは動揺する。

(待っ……て)

それでも、肌にふれられることに嫌悪感が湧《わ》いてこない。むしろ彼の体温を心地いいとさえ感じてしまう。

そんな自分にフランセットはおそれを感じた。

(わたし、まだ。覚悟ができていないはずなのに)

彼の五指が胸のふくらみを絹ごしに優しく揉《も》みはじめた。指先で先端をすりあげられて、ぞくぞくした熱が下腹のあたりまで駆け下りていく。

「や……」

言葉にならないこの感覚を訴えるために、メルヴィンのガウンをフランセットは握りこんだ。こめかみに押しあてられた彼のくちびるが、ふと笑った気がした。その直後――

がぶりと首すじに噛みつかれた。

「いっ……!」

メルヴィンの胸板をとっさに押し返すと、彼はあっけなく離れた。フランセットは、噛まれたところをてのひらで押さえてメルヴィンを見あげる。

「な、なにをするのですか!」

「ごめんね、つい」

メルヴィンは首をかしげて笑った。そのしぐさから、彼が逃がしてくれたことをフランセットは悟る。

かぁっと羞恥《しゅうち》に頬が熱くなった。自分の肩を両手で抱きながら、フランセットはメルヴィンから視線をそらす。

「ごめんなさい。わたし、まだ……」

「話というのは、僕たちの結婚についてのこと？」

フランセットは目を見開いた。ふせていた顔をあげて彼を見る。

ひどくさみしげにメルヴィンはほほ笑んでいた。

「約束したのに？」

フランセットは言葉につまる。

「花を毎日届けたら結婚してくれるって、あなたは僕に言ったんだよ」

彼の言い分に、フランセットは返す言葉もない。

(子どもの言うことだからって)

あの場の雰囲気に流されて、深く考えずに約束を交わしたのはたしかに自分だ。途中で「もう花束はいりません」と拒否することもできただろう。しかし十四年ものあいだ受けとりつづけた。

罪悪感がひろがって、フランセットはうなだれた。

「申し訳ありません……。わたしが軽率でした」

「でも、そうだね。嘘つきのあなたに拒まれる可能性を考えて、ああいう強引なことをした僕もいけないね」

彼の指がふたたび伸ばされる。びくっと体をこわばらせたフランセットは、けれど優しく髪にふれてくるぬくもりに力を抜いた。すこしだけ乱れてしまった髪をゆっくりと指で梳《す》かれて、それを心地いいと感じてしまう。

心地いいのに、胸がはりつめて息苦しいほどだ。

メルヴィンはほほ笑んだ。傷ついたような影はもうなくて、かわりに、微熱をおびた光が漆黒の瞳にともっていた。

「ただ、フランセット。あなたを逃がす気は僕にないから、それだけは覚えておいて」

くすぐられるようなささやきが耳にふれる。動くことのできないフランセットを置いて、メルヴィンは静かに部屋を出ていった。


その後、ひとり残されたフランセットは混乱しきっていた。

考えがまとまらない上にじっとしていられなくて、おぼつかない足取りで廊下に出る。今夜はメルヴィン一行が宿を貸しきっているため、廊下は静まり返っていた。行くあてもなかったので、とりあえず階段を下りていく。

(わからないわ)

一階まで下りたところでフランセットは足をとめた。

(いろんなことがありすぎて、なにをどう考えていいのかわからない)

十四年前にメルヴィンと結婚の約束を交わして、そのとおり婚姻をむすんだ。抱きしめられてもキスをされても、いつのまにかいやだと思わなくなっていた。

二十五年間生きてきてこのような感情を男性に持ったのは初めてだ。そして、この感情につける名がなんなのかをフランセットはもう気づきはじめている。

そういう状態でいるのに、結婚の是非をメルヴィンに問いただしたところで、いったいなんの意味があるのか。

「わたしは殿下に、なにを言ってほしかったの」

どういう言葉を彼からかけてほしかったのか。

そう、きっと自分は、メルヴィンに説得してほしかったのだ。

このとまどいと混乱をしずめてほしかった。そうして気を楽にしてもらって、生国に戻ることをあきらめさせてほしかったのだ。

（そんなことで覚悟を決められるわけないのに）

超大国の王太子の、妃《きさき》になること。

五歳年下の、すべてをかねそなえている青年と婚姻をむすぶこと。

ふさわしくない場所に身を一生置きつづけること。

「……どうして、わたしなの」

ぽつりと落ちた言葉は薄暗い廊下にひどくみじめに響いた。

だから、こんなことではだめだとフランセットは顔をあげる。

「しっかりしないと。むこうに行ったら頼れる人はいないんだから」

「フランセット？」

階段の上から声が聞こえてきた。びっくりしてふりあおぐと、踊り場にメルヴィンの姿がある。

彼は足早に階段を下りてきた。

「あなたの気配が一階ですると思って来てみたら——宿を貸しきっているとはいえ、夜着一枚で部屋の外に出たらいけないよ」

手に持っていたストールを、フランセットの肩にメルヴィンはかけてくれた。そのぬくもりにフランセットはほっとしてしまう。

「メルヴィン殿下は……一階にだれがいるのかわかるのですか？」

「うん。便利でしょう？」

「……やっかい、です」

うつむきながらフランセットはそう返した。ほんとうにやっかいだ、この人は。

しばらくののち、メルヴィンがぽつんと言った。

「僕に頼ればいいのに」

その言葉が、フランセットのみじめなつぶやきへの返しだということに気づくまで、数秒かかった。

「あなたを迎えに行くのに十四年をかけたのは、あなたが生き生きとすごせる場所をきちんと用意するためだったのに」

フランセットは目を見開いた。

十四年をかけて、こちらを迎え入れるための環境をメルヴィンはととのえてくれたというのか。

それなのに自分は、幼いころの約束を軽く考えて「結婚はいやだ」という態度をとりつづけている。

フランセットは、自分自身を情けなく感じた。

なにが年上か。自分のほうが彼よりも子どもっぽいではないか。

フランセットは深呼吸をして、顔をあげる。

「わたしには、ウィールライトの王太子妃はつとまらないと思っています」

メルヴィンは沈黙している。

フランセットは、彼をまっすぐ見つめながらつづけた。

「だから、殿下の妃になる覚悟がきちんとできるまでもうすこし時間をください。あと半月、ウィールライト王国に入るまでに気持ちの折りあいをきっとつけてみせます」

「自分にはつとまらないと思う時点ですでにつとまっていると思うよ。それだけの心がまえができているということだからね」

メルヴィンは淡く笑んだ。

「フランセットはやっぱりまじめだね」

「大国の王となられるお方が、わたし程度のまじめさに感心していたらだめですよ」

「うん」

メルヴィンはうれしそうに笑う。この笑顔にフランセットはいつもひきこまれてしまう。

彼の腕がふいに伸びて抱きよせられた。

「やっぱり僕はフランセットがいい」

耳もとに落とされた子どものような言葉には、密度の高い熱がこめられていた。だからフランセットは、彼の熱が移ってしまったように頬を赤らめた。

この夜、フランセットとメルヴィンは別々の部屋で眠りについた。翌朝目覚めたとき、フランセットは、澄みわたる大空を窓越しに見あげながら、すがすがしい気持ちで伸びをした。


がたんと馬車が揺れた。

そのせいで離れてしまったくちびるが、抱きよせられてまた重なる。

朝食後、ウィールライト王国への道のりをふたたび走りだした馬車のなかだ。気持ちのいい春の晴天、外は明るいはずなのに、分厚いカーテンがしめきられているせいで薄暗い。

そのような空間にあって、メルヴィンの黒瞳はよりいっそう深さを増していた。

「フランセット……」

口づけのあいまにささやく声は甘くせつない。彼の想いがフランセットの体内に直接ふれてくるようだった。

一方で、フランセットには言葉を返す余裕がない。ふれあうだけだった口づけは、時間をかけてすこしずつ深まっていく。

頭のうしろを支えられ、熱い舌を差し入れられ、口内をじっくりと味わわれた。縮こまっていたフランセットの舌がからめとられてちゅっと吸われると、喉《のど》の奥からぞくぞくとした愉悦がせりあがってくる。

「っ、ん、ん……っ」

甘くしびれる指先で彼の上着をつかんだ。

すがるようなしぐさになってしまったことに気づいて手をひっこめようとしたが、逃げようとしたとメルヴィンに勘ちがいされたのか、彼の腕のなかにきつく抱きこまれてしまう。

(逃げることなんて、もうきっとしないのに)

力強い腕と甘いささやきに、フランセットはあらがえなくなっていた。

「好きだよ、フランセット」

メルヴィンは、恋情にとろけるような瞳で見つめてきながらフランセットにふれる。そんなふうにされて、平常心でいられるほうがおかしいだろう。

くちびるをふたたび塞《ふさ》がれながら、ふるえる舌をからめとられて彼の口内に招き入れられた。歯先で甘く噛まれて、体内に淡い快感がにじむ。

「ア……、っ、ん」

フランセットを抱きしめている彼の手が、ドレスに包まれた輪郭をなぞった。それだけのふれあいに、フランセットは直接素肌をたどられているような感覚を覚える。

彼の手がフランセットの胸のすぐ下でとまった。ふくらみにはふれず、肋骨《ろっこつ》をたどるように生地の上をてのひらがゆっくりと這う。

「っ、でん、か」

なにかをじらされているような感覚に、フランセットはうわずった声をこぼした。

メルヴィンは、フランセットのくちびるを甘く食《は》んで、熱に浮かされたような瞳で見下ろしてくる。

「あなたのほうからキスをして、フランセット」

ささやかれて、フランセットは動揺した。

(わたしのほうからって。そんなこと)

至近距離で見つめあったまま、フランセットは動けない。

胸の下を這っていた手がほんのすこしなであがった。コルセットとドレスに守られたふくらみを、下から掬うようにふれてきた彼の指に、フランセットはびくんと肩をふるわせる。

昨夜、夜着ごしにみだらにふれられたことを思いだした。

メルヴィンは、熱をはらむ瞳でフランセットを見つめている。

（キスを、しないと）

まるで、自分の体を質《しち》にとられた気分だった。そのつもりがメルヴィンにあるかどうかはわからないけれど。

「フランセット？」

――でも、やっぱりだめだ。

自分からキスをするなんて、恥ずかしくてできない。

フランセットはぎこちなく首をふった。

「メルヴィン殿下、わたし」

「あ、次の休憩場所に着いたみたいだね」

勇気を出して「できない」と告げようとしたとき、フランセットの体をじつにあっさりとメルヴィンは離した。

「……。へ？」

「ほら見てごらん、フランセット」

メルヴィンはカーテンをひきあけた。まぶしい光がフランセットの目に差し込んでくる。

窓の外には、太陽にきらめく青と銀があった。ふくらんだり沈んだりをゆったりとくり返すさまはまるで生きものみたいだ。

これまでの人生でめったに見ることのなかった景色《けしき》に、フランセットは驚いた。

「海!?」

「海を見た経験があなたにはあまりないと聞いていたから、この機会に連れていってあげようと決めていたんだ」

「はい、海には小さいころ一度行ったことがあるだけなのです」

へばりつくように窓の外をフランセットは見た。すると、メルヴィンの腕がうしろからまわされてゆるく抱きしめられる。

「よかった。フランセットがうれしそうだと、僕もうれしいよ」

胸が高鳴る。

うしろから抱きしめられると、全身をすっぽりと包みこまれているような感じがしてしまう。フランセットはあわてて身をよじって、メルヴィンのほうをふりむいた。

「ええと、あの、どうしてわたしが海にあまり行ったことがないことをご存じなのですか？」

「ないしょ」

こめかみにキスが落ちる。馬車がとまって、扉のむこうから侍従の声がして、メルヴィンの情報網に関する秘密はうやむやになった。


メルヴィン一行が休憩のために貸しきったのは、海辺のレストランだった。白を基調とした美しいエントランスにフランセットをエスコートしつつ、メルヴィンは告げる。

「ここで昼食をとって、それから海を見に行こう」

フランセットがうなずこうとしたとき、すぐうしろで馬のいななきが聞こえてきた。ふり返ると、第三王子のアレンが身軽な動作で黒毛から降りるのが目に映る。

(そういえば、アレン殿下と道中ずっといっしょだったのよね)

そのことをフランセットはいま思いだした。この青年はやはり影が薄い。

アレンは、顔をしかめつつメルヴィンに言った。

「なあ兄さん。昼休憩をとるのはいいけど、なんでここなの?」

「とてもきれいな海だったからね」

「きれいはきれいだけど、でもこれじゃあいつまで経っても——」

アレンが言い終わらないうちに、メルヴィンはフランセットをふりむいた。

「アレンは馬車に乗るのがきらいだから、ウィールライトへの半月の道のりをずっと馬に乗っていくんだって。かわった子でしょう?」

かわっていると思うが、この兄にしてこの弟だという印象である。アレンは肩をすくめた。

「馬に乗るのに慣れてるだけだよ。人使いの荒い兄に命じられて、国内外を年中走りまわってるから」

「もうすこしおまえが王子らしくふるまってくれるのなら、いくらでも宮中の仕事を割りふるんだけどね」

メルヴィンがくすくす笑うと、みるみるうちにアレンはあせり始めた。

「それだけはやめてくれ、メルヴィン。晩餐会《ばんさん》とか会議とか苦手なんだよ。貴族連中の会話に加わるくらいなら、国外で諜報《ちょうほう》活動をしてたほうがましだ」

王族みずから諜報員になることを希望するとは、ウィールライトの王子はつくづく理解しがたい。

（ここまできたら一周まわって尊敬してしまうわ。……そういえば、国外の諜報活動ということは）

フランセットはピンときた。

「もしかして、わたしが海へあまり来たことがないという情報をメルヴィン殿下に流したのはアレン殿下ですか？」

「あーごめんねフランセット。俺の上官はメルヴィンだからそっちに聞いて。じゃあ俺は街で遊んでくるよ。港のメシと酒はうまいんだ」

アレンはふたたび馬に乗って繁華街のほうへ行ってしまった。昼間から飲むつもりらしい。

「あのお方に諜報活動を任せて大丈夫なんですか？」

「あの子は有能だよ。僕の弟たちはみんな働き者のいい子なんだ。全員をあなたに早く紹介したいな」

メルヴィンが兄ばかを披露していると、侍従がやってきた。今後の行程についてメルヴィンと話しはじめたので、フランセットは手持ちぶさたになる。

（海が見たいわ。先に砂浜へ行ってみようかしら）

わくわく感を抑えきれず、フランセットはメルヴィンに許可をとった。侍女を連れて、レストラン裏にある石造りの階段を下りる。

その先にひろがるのは、このあたりの高級レストランが共有していると思われる美しい砂浜であった。

「わあ、すてき！」

潮の香りが濃い。澄んだ空と、それをいくぶんか濃くした色の海がひろがっている。

背後に侍女が控えるなか、フランセットは波打ちぎわまで足を運んだ。長旅に備えて、かかとの低い乗馬用ブーツをはいてきて正解だった。

スカートをよごさないようにつまみながら打ちよせる波を眺める。砂浜の色がサッと濃くなるのがおもしろい。

「あら、あなたフランセットじゃない？」

聞き覚えのある声がして、フランセットはふり返った。ふたりの侍女を伴った、ドレス姿の女性がこちらへ近づいてくる。

フランセットはびっくりした。彼女は、国内の伯爵家におととし嫁いでいった同い年のいとこである。

「アレット、どうしてこんなところにいるの？」

「こちらのほうでひらかれる晩餐会に呼ばれたのよ。時間があるから海を見に来ようと思って。フランセットこそ、あまり身動きのとれない高貴なご身分のはずなのにめずらしいわね。あら、侍女もひとりしか連れていないの？」

羽根飾りのついた扇をひろげつつ、いやみな言いかたをアレットはしてくる。王族の直系に対して彼女はコンプレックスを持っているようで、悪意のある言葉を会うたびに投げつけてくるのだ。とはいうものの、フランセットは慣れているのでいまさら気にならない。

そんなことより、フランセットの結婚についてアレットがなにも知らない様子であることのほうが気になった。

唐突に決まった輿入れだったから、親族に知らせがまだ届いていないのかもしれない。父の舞いあがった様子からして、近日中には国中にふれがだされると思うが。

「あの、アレット。報告したいことがじつはあるのだけど……」

「ああでも、夫のいないフランセットだからこそ自由がきくのかもしれないわね。身軽な独《ひと》り身がうらやましいわぁ」

この言いまわしにはさすがにカチンときたものの、独り身ということを訂正しなければならないというほうに気がいった。

「そうではなくてね、アレット。じつはわたし」

「それにしてもフランセットはかわいそうね。直系の姫君で、きれいで賢くて、国民からも慕われているのに、二十五歳になってもまだ結婚できないなんて！　婚約者候補が次々と断りを入れてくるってほんとう？　いったいどうしてかしらねぇ、もしかしてフランセットになにか致命的な欠陥があるのかしらね。お化粧をとったらじつはばけものとか、コルセットをほどいたらお腹《なか》がぶよんぶよんとか！」

（こ、コイツ……！）

海辺で開放的になっているのか、アレットの弁舌はいつにも増して冴《さ》え渡っている。

フランセットはこめかみをぴくぴくさせながらも、口の端をつりあげた。

「自分の話ばかりするのではなくて、相手の話に耳をかたむける努力をすこしはしたらどう？　三歳のころからアレットは成長がないのね」

「な、なんですって。わたしは夫のある身でいそがしいから、腰をすえて人の話を聞くような時間をとれないだけよ！　しかたないわね、そんなに聞いてほしいなら聞いてあげるわ。ひまな独り身のあなたのために時間を割《さ》いてあげるから、とっとと話しなさいな！」

せっかく海を楽しんでいたのにこんな女を相手にしなければならないなんて、それこそ時間のむだづかいである。

フランセットは、結婚の事実だけを知らせて早々にきりあげることにした。

「わたしはつい昨日結婚したの。だからもう独り身ではないわ」

「ええ!?　そんな話聞いてないわよ、いつのまに婚約をしていたの？」

「婚約は……していないけれど。話すと長くなるから、あとは国王からのふれを待ってちょうだい」

「婚約なしでいきなり結婚？　あらあら、いったいどこの不作法ものと結婚したのかしら。そのような殿方しか拾ってくれなかったのね。お相手が枯れはてたご老体じゃないことを願うわ」

戻ろうとしたが、ここまでけんかを売られたら買わざるをえない。

アレットはメルヴィンまでをもばかにしたのだ。フランセットは彼女をにらみつけた。

「あいにくだけど夫は、枯れるどころか鮮度ばつぐんの若さだから！」

「な、なんですって……!?」

「背も高いし、ものすっごい美形だし、見た目だけは超一級品なのよ！」

「いったいどこのだれよ、フランセットみたいな嫁き遅れを妻にしたもの好きは。どうせ、いいのは見た目だけで中身はものすごく変人なんでしょ！」

「それは否定しない。まったく否定しないわ」

フランセットは真顔になった。

深刻さを感じとったのか、アレットの勢いが弱くなる。

「そんなに変人なの？　どの程度？」

「ロジェ王国にはいなかったたぐいの……。表情は豊かなのに、腹のなかではなにを考えていらっしゃるのかさっぱりわからない種類の……」

「な、なによそれ。大丈夫なの？」

「かわいがっている弟を、他国へ諜報活動に行かせるような感じの」

「えっ、まさか裏の世界の男……!?」

アレットはおののいたようだった。フランセットは力なく笑う。

「でもね、多分、悪いお方ではないの。だからあちらの国へ入る前に、自分なりに気持ちの整理をつけようと思っているわ」

「あちらの国？　あちらの国って言ったわね。他国なの？　どこの国？」

「あ、ええと。それは」

大国すぎて、逆に言いだしにくい。

フランセットが口ごもっていると、アレットは鼻息も荒くつめよってきた。

「どの国なのよ、いったいどこ？」

「驚かないで聞いてよ。じつは、ウィ」

「こんにちは、レディ。僕はウィールライト王国王太子のメルヴィンです。はじめまして」

さわやかな声が割りこんできて、フランセットは顔色をかえた。アレットが、ぽかんとした表情でフランセットの背後を見ている。

フランセットはあわててうしろをふり返った。

「で、殿下、いつのまにここへ？」

「ずいぶん前からいたよ。おもしろい会話だなと思って、ちょっと離れたところから聞かせてもらっていたんだ。聞こえづらかったからあなたたちの声を風にのせてね」

「ずっと聞いていた……!?」

フランセットはがく然とした。昨夜も思ったが、魔法とは、なんというやっかいな能力だろう。

「えっ、なに、どういうことなの」

アレットは、混乱しすぎているようで棒立ちになっている。メルヴィンは、やわらかな笑顔をアレットにむけた。

「きみはアレット嬢だね。僕の妻のいとこの」

「はあ、あなたさまの妻の。えっ、ものすごく美形……！」

「ありがとう。でも妻の美しさにはとうていかなわないよ」

とろけるように甘く言って、メルヴィンはフランセットを抱きよせる。フランセットは「ぎゃあ！」と心のなかで叫んだし表情にも出していたが、メルヴィンはおかまいなしの様子だ。

「迎えに来るのが遅れてごめんね、フランセット。あなたとアレットさんの会話が興味深くて、つい聞き入ってしまったんだ」

「できればすべて忘れてください、お願いします」

「僕のことを鮮度ばつぐんの美形だと褒めてくれてとてもうれしいよ」

「忘れてください」

「裏の世界の男というのも、なんだかカッコいいし」

「忘れてください」

「……。ウィールライト？」

だいぶ遅れてアレットがぽつりとつぶやいた。頬がみるみる上気していく。

「ウィールライト王国の王太子殿下……⁉」

「うん。僕は大陸の半分以上を掌握《しょうあく》する経済・軍事大国ウィールライト王国の国王の長男、王太子メルヴィンだよ」

メルヴィンは、かわいい笑顔をふりまきながら自分の肩書きをあますところなく告げた。

このときフランセットは確信した。メルヴィンは、自分の容姿と肩書きの威力を知りぬき、そして最大限活用する男だと。

そのメルヴィンが、目もとをやわらげながら言う。

「それで、フランセットが化粧を落としたらばけもので、コルセットをとったらお腹がぶよんぶよんというのはどういうことなのかな」

アレットの顔がかわいそうなくらい蒼白になった。

「そ、それは言葉のアヤで、そのものの意味ではなくて」

「もしかしてきみは、僕のたいせつな妻の悪口を言っていたの？」

「い、いえ、めっそうもございません！」

「ああそうだ、フランセット」

「はっ、ハイ！」

話を突然むけられて、フランセットはびくっとなった。

メルヴィンは、せつない表情でフランセットの頬にふれる。

「ごめんね。僕のせいであなたが嫁き遅れだと悪口を言われてしまったね」

「き、気にしていないので、大丈夫です」

フランセットは、チラチラとアレットに視線をむけ「いまのうちに逃げて」と合図を送った。けれどアレットは、金縛りにあったように動かない。

フランセットはそこでふいに、メルヴィンの言葉の違和感に気づいた。

「殿下のせいで、わたしが嫁き遅れになった……？」

「うん。だってフランセットはとてもすてきな女性だから、たくさんの男たちから求婚を受けていたでしょう？　フランセットがだれかに奪われてしまうのではないかと心配で、僕は夜も眠れなくて。だからその男たちに伝えたんだ。フランセットは僕のものだよって」

「!?」

フランセットは絶句した。メルヴィンは、せつない表情のなかに微笑をまぜる。

「たいていはそれで身をひいてくれるんだけど、なかには己をわきまえな……いや、情熱的な男性もいてね。そういう人たちには別の頼みかたをしたりしたんだけど」

フランセットは、別の頼みかたの内容を聞きたいような聞きたくないような心境になった。

「というわけだから、アレットさん。これからはフランセットのことをいじめないでもらえるかな。フランセットを悪く言われると僕はとても悲しくなってしまうんだ」

悲しくなってしまうんだと言いながら、メルヴィンの目はぜんぜん悲しそうではなかった。今度いじめたら斬《き》って捨ててあげるね、とでも言いだしそうなほほ笑みである。

アレットは、表情をひきつらせて何度もぺこぺこと謝罪したのち、侍女を連れて一目散に逃げていった。


それからフランセットはメルヴィンとレストランで昼食をとった。

サーモンのフィッシュケーキに全粒粉のパン、チキンのトマトスープやデザートのミックスベリークランブルなど、フランセットの好物ばかりがテーブルに並べられた。この情報もアレンが仕入れてきたものなのだろうか。

食後に別室へひっこんで侍女に身づくろいをしてもらいつつ、椅子の上でフランセットはため息をついた。

(食事はとってもおいしかったけど、ものすごく疲れたわ……)

せっかく海へ来たのに、アレットのいやみとメルヴィンのおだやかではない言動のせいでくたくたになってしまった。

加えて、フランセットの縁談がことごとくうまくいかなかったのは、メルヴィンの暗躍が原因だったということを知らされたのである。フランセットの疲労は増すばかりだ。

(もう一度海を見に行って癒《いや》されてこようかしら)

身づくろいが終わり、鏡のなかの自分を見る。

容姿は昔から褒められることが多かったが、自分ではいまいちピンとこない。プラチナブロンドの巻き毛は手入れがめんどうだからあまり好きではないが、瞳の青は気に入っていた。

（それでもあの王太子殿下の横に並ぶと、見劣りすることかぎりなしだけれど）

メルヴィンは、自分のきれいな顔を見慣れているはずだ。それなのにフランセットをあそこまで褒める、その理由がさっぱりわからなかった。

レストランのホールにフランセットが入りかけたとき、だれかの話し声がなかから聞こえてきた。こっそりのぞいてみると、メルヴィンとアレンが談笑している。

（兄弟でお話ししているところをじゃまするのも申し訳ないわね）

もうすこし別室にとどまっていたほうがいいだろう。フランセットがきびすを返そうとしたとき、気になる言葉が耳に入ってきた。思わず足がとまる。

「ふうん、メルヴィンがわざわざ海に立ちよった理由がそれ？　甘いっつーかなんつーか。そんなにいいものかね、女って」

アレンの声にはあきれとからかいがまじっている。

それに答えるのはおだやかな声だ。

「いいものだよ。だってフランセットが喜ぶ顔が見たいじゃない。とてもかわいいもの」

そのようなことを言われると胸がどきどきしてしまう。

そっとのぞいてみると、メルヴィンこそとてもうれしそうな顔をしている。自分などよりよほどかわいいとフランセットは思った。

「へえ。フランセットは海を見てそんなに喜んでたの？」

「うん、すくなくとも海岸でいとこに会うまではね」

「あー見てた見てた。そのいとこがもし男だったら海に沈めてたでしょ。俺もうっかりメルヴィンを怒らせないように気をつけないとなぁ」

「僕はおまえにはそういうことをしないよ」

メルヴィンはアレンにほほ笑んだ。フランセットはどきりとする。

(弟にはああいうお顔もされるのね)

フランセットを見るときの目とはまたちがう。

弟への愛情に満ちた表情に、フランセットは心をきゅっとつかまれたような気がした。

「でもさ、メルヴィン。この道程はどう考えても遠まわりだよ。一日でも早くウィールライトの都につかないと父上がうるさいよ？　海だったらあっちに着いてからいくらでも見せてあげられるじゃないか」

「うん、そうだね。でも他国へ嫁いだ女性はめったなことでは生国に帰れない。それこそ肉親の死でも起きないかぎりはね」

フランセットは目を見開いた。メルヴィンは、さみしさのまじる笑みを浮かべている。

「彼女の生まれた国の海を見せることのできる数少ない機会だ。そう思ったら、どうしてもフランセットをここへ連れていきたくなったんだ」

「へえ」

アレンは、微笑しながらテーブルに頬杖《ほおづえ》をついている。

フランセットは胸がいっぱいになって、ドレスの上からてのひらでそこを押さえた。

「だからアレン、おまえに頼みがあるんだ。父上あてに手紙を書いてくれないか？　都入りは遅れそうだって」

「めんどくさいな、ご自分でどうぞ」

「僕はフランセットのことでいっぱいだから余裕がなくて。おまえだけが頼りだよ、かわいいアレン」

「くそ、このやろう」

ふたりの兄弟は、顔を見あわせてくすくすと笑いあっている。

この場をフランセットはそっと離れた。


レストランを出るころあいになって、フランセットはメルヴィンに「もう一度海を見たい」と願いでた。メルヴィンは快く了解してくれた。

さっきはひとりで下りた石段を、いまはメルヴィンといっしょに下りる。彼にあずけた右手が、ほんのりと熱をおびているような気がした。

波打ちぎわで海を眺める。波の様子は先ほどとかわらない。

けれど。

「きれいですね」

春の日差しを受けてきらきらと光る。このおだやかな景色をフランセットは一生忘れないと思った。

「うん、とてもきれいだ」

メルヴィンを見あげると、彼はフランセットを見つめていた。

思わず頬が赤らんで、フランセットは顔をうつむける。メルヴィンが小さく笑う気配がして、それから彼のてのひらがフランセットの頬にふれた。

「フランセット」

甘く呼ばれて、体の奥に熱が生まれる。

「大好きだよ、フランセット」

澄んだ声でメルヴィンはそう伝えてくれた。

陽《ひ》の光に波音がきらきらと散る。

フランセットは、かかとをあげながら彼の胸もとに手を置いた。メルヴィンのくちびるに、くちびるをそっと重ねあわせる。

メルヴィンの瞳がゆっくりと見開かれた。ほんの数秒ふれて、フランセットは口づけをほどく。

「……フランセット」

「そろそろ馬車に戻りましょう」

耳まで赤くしながら、フランセットはくるりと方向転換した。

急いで踏みだした足が砂浜にもつれて転びそうになったところを、背後から腰にまわされた腕に抱きとめられる。

「す、すみません」

「フランセット、もういっかい」

大きなてのひらにうしろからあごを掬いとられる。彼のくちびるが押しあてられて、フランセットはさらに足をもつれさせた。

「……っ」

「だから僕は、あなたからのキスが欲しいということをあえて馬車のなかで言ったのに」

くちびるをふれあわせたまま、恋情に染めあげられた瞳でメルヴィンがささやく。

「外にいるときに口づけるなんて。だれかに見られていたとしても、離せなくなるじゃないか」

「っ、ん……！」

ふたたび深く口づけられた。なかに差し入れられた熱がフランセットの舌にからみつく。

食べつくされるような激しさと、抱きしめてくる腕の力強さに、フランセットの両脚から力が抜けていった。

「は、……っ、でん、か」

「僕が好き？　フランセット……」

乞うようにキスをしつづけながらメルヴィンが問う。

情熱的な口づけを受けて、フランセットは答えることができない。

「僕は好きだよ。あなたが好きだ」

愛してる。メルヴィンのささやきは波の音に甘く溶けていった。


彼にむかう想いがなんなのか、自分はもうわかっているのだろう。

この想いがいつ生まれたのかはわからない。海へ連れていってくれた彼の本心を知ったときなのか、宿で優しく抱きしめられたときなのか、もしくは花を毎日贈ってくれていたころからもう芽吹きはじめていたのか。

けれど、いまとなってはきっかけなどどうでもいいことだった。

この胸を満たす微熱をおびた感情を、受け入れていけばそれでいい。

国境を抜けてウィールライト王国に入るまでに気持ちの整理をつける。メルヴィンにそう約束したのは自分だ。

(だからちゃんと伝えなければならないわ)

そのときが来たらこの想いをメルヴィンにまっすぐに告げようと、フランセットは思った。

第二章　殿下の甘いご寵愛（昼夜問わず）

昼は馬車で駆け、夜は高級宿に泊まり、そうして進みつづけることおよそ半月。

王太子一行は夕刻、ロジェ王国とウィールライト王国の国境にたどりついた。

（ついにここまで来たんだわ）

石造りの重厚な門がまえを、馬車の窓からフランセットは見あげる。侍従が手続きをすませると、幾重もある巨大な扉がゆっくりとひきあげられていった。

巨大な門を馬車がくぐり抜けていく。箱馬車のなかに薄闇《うすやみ》が張って、フランセットは心もとなくなった。まもなく生国を出るということをこの暗がりが教えているような気がしたのだ。

「大丈夫？」

ふいに、メルヴィンの手が自分のそれに重ねられた。フランセットは、座面に置いたてのひらを気づかないうちに握りこんでいたようだ。

彼の手のあたたかさに胸の奥が痛くなる。「大丈夫じゃありません」と弱音を吐いてしまいそうになるのを抑えて、フランセットはカーテンをしめつつほほ笑んだ。

「大丈夫ですよ」

「……ならよかった」

メルヴィンの笑みがさらに優しくなった。カラ元気だと気づかれたのかもしれない。

（結婚して生家を離れることは幼いころから覚悟していたことよ。だからちゃんと受け入れられる

わ)

輿入《こしい》れ先が超大国で、結婚相手が王太子だという事実に関しても、この半月間でフランセットなりに覚悟を決めることができた。

(わたしはきっと幸せ者なのだわ)

王族の結婚はほとんどが政略的なものだ。顔も見たことのない相手との婚姻はザラにある。思惑はあっても愛はないという縁談が、ごくふつうなのだ。

そんななかで、好きになった人と結婚できることはきっと奇跡に近い。

だから怖《お》じけづいて逃げだすのではなく、きちんと背を伸ばして、前を見て、幸せをつかみとろうと決めたのだ。

(だから殿下にちゃんとお伝えしないといけないわ)

この砦《とりで》の貴賓室で今夜は一泊するという。

旅のあいだずっと、宿泊の際は別室を使っているのだが、その前にメルヴィンをつかまえて話をする時間を作ってもらおう。

(でも、想いを伝えて夜を迎えるということは、その……。閨《ねや》ごとに、むすびついてしまうものなのかしら)

フランセットはにわかに緊張しはじめた。

心の内を告げるだけでもたいへんなのに、それ以上のこととなると頭のなかがいっぱいになってしまう。

(だって、口づけられるだけで立っていられなくなってしまうのだもの)

闇ごとを滞りなくこなすコツについて母親に聞いておけばよかった。フランセットが後悔していると、ふいに馬車がとまった。

扉のむこうから侍従の声がして、関所の敷地内の迎賓館にたどりついたことを告げられる。

カーテンを薄くあけてみて、フランセットはぎょっとした。

迎賓館前の広場に、五百を超えるであろう人々がひざまずいている。ここはもうウィールライトの領土で、だから彼らがまとうそろいの黒い軍服はウィールライトの兵士のものだ。

たくさんの民衆が自分にひれふすのを見たことは何度もある。けれどいま、フランセットは怖じけづいていた。

経済大国でもあり軍事強国でもあるウィールライトの黒い軍団は、圧倒的な威圧感がある。

「……こんなに、たくさん」

「関所につめている兵の、ほんの一部だよ」

となりからメルヴィンの腕が伸びて、ザッとカーテンがしめられる。視界から兵士たちの姿が消えて、それからふたたび、馬車の外から侍従がメルヴィンたちを呼ぶ声がした。

フランセットに緊張が走る。

「も、もう行かなくてはいけませんね」

「待って」

コン、と馬車の扉をメルヴィンがたたいた。それで侍従からの呼び声がとだえる。

「僕を見て、フランセット」

メルヴィンの、漆黒の瞳《ひとみ》を見あげたとたんに、彼のくちびるがフランセットのそれに押しあてられた。

目を見開くフランセットの頬《ほお》を、なだめるようになでてから、メルヴィンは口づけを深くしていく。片方の手首をとられて背面に押しつけられた。指と指がからんでつなぎあわされる。

「殿下、待っ……」

は、と酸素を求めて顔をそらしたが、あごをつかみとられてまた口づけられた。やわらかく歯を立てられて、ぞくぞくとした熱が背すじを駆け下りていく。

「……あなたが緊張しているようだったから、ほぐしてあげたくて」

吐息が溶けあう至近距離で、陶然としたまなざしを送られながらささやかれた。

よけいに緊張してしまいますという訴えは、深くまざりあうようなキスに呑《の》みこまれていく。

「つん、ぅん……！」

「かわいい声。まるで拷問《ごうもん》だな」

濡《ぬ》れたような双眸《そうぼう》でメルヴィンは言う。

くちびるが重なり、舌が差し入れられて、熱い粘膜をまさぐられた。

(外には兵士が、いっぱいいるのに)

自分たちが馬車から降りるのを待っているのに。

つながれたほうとは反対の手で、メルヴィンの服をすがるようにフランセットはつかんでいた。それを包むように彼の手が重なる。

その優しいあたたかさに、胸がきゅっと痛んだ。

「……けれどこれくらいでちょうどいいのかもしれない。すくなくとも、いまは」

やわらかな熱が離れていく。思わず目で追うと、フランセットのくちびるにメルヴィンの人差し指がちょんと押しあてられた。

表情をにこりとやわらげてメルヴィンは言う。

「僕はあなたが初恋だからいろんなことに慣れなくて。どうしていいのか時々わからなくなるんだ」

「……」

慣れなくて？

「王太子殿下。いったいどの口が」

「そろそろ出ようか。僕の花嫁をみんながお待ちかねだよ」

馬車の扉がひらかれる。

メルヴィンのおかげで毒気を抜かれたフランセットは、大勢の兵士たちを前にあいさつと自己紹介をすることに成功した。


夕食をとり、湯浴みをすませ、例の薄すぎるネグリジェの上にガウンを羽織って肌を隠しつつ、フランセットは緊張しながらドアをノックした。

迎賓館の貴賓室、つまりはメルヴィンが宿泊する部屋である。

（ちゃんと言うって、決めたんだから）

それでも、メルヴィンの返事が聞こえてフランセットが名乗り、扉がひらかれると、心臓が飛びでるほどドキドキし始める。

「どうしたの、フランセット？」

優しく笑うメルヴィンは湯あがりのようだ。ほんのりと肌が上気して、漆黒の髪が濡れている。

素肌にガウンを羽織っているようで、あわせ目からのぞく胸板にフランセットは動揺した。

「あ、あの、お話があるのです。すこしお時間、よろしいですか？」

「……いま、ここで？」

「はい、殿下のお部屋で」

メルヴィンは沈黙した。すぐに了解が得られると思っていたフランセットは、内心あせり始める。

「あの、いまはおいそがしいですか？」

「ああいや、そういうわけじゃないんだけど」

メルヴィンは、それでも真剣な表情だ。

「どうしようかな……」

ここは出直すのが正解だろう。けれどいま伝えなかったら、心の準備を一からやり直さなければならなくなる。

「おいそがしいところ申し訳ありません。でもほんのすこしでいいのです。用事がすめばすぐに部屋に戻りますから」

そうすればメルヴィンのじゃまにならないだろう。閨ごとのことが頭をかすめたが、フランセットにとって、そんなことよりメルヴィンの時間を拘束してしまうことのほうに罪悪感を持った。

彼はひさしぶりに領地に戻ってきたのだ。いろいろとやらなければならないことがあるにちがいない。

「すぐに戻るの?」

メルヴィンは軽く目を見開いた。それから表情をやわらげる。

「なんだ、僕の勘ちがいか」

「え?」

「いや、なんでもないよ。入っておいで。あなたの話を聞こう」

メルヴィンは扉をひらいてフランセットをなかへうながした。彼に勧められて、革張りのソファにフランセットは腰かける。

すぐとなりにメルヴィンが座ったから、フランセットはにわかに緊張してしまう。気をまぎらわすために明るい口調で言った。

「殿下、夕餉《ゆうげ》のときにめずらしくワインをたくさんお飲みになっていましたね」

メルヴィンは、それほどアルコールに強くないようで、旅の道中飲んでいるところをフランセットは一度も見たことがなかった。

「ああ、うん。やっぱり自分の領地に入ると安心するね。つい気がゆるんでしまって飲みたくなっちゃう」

「酔われました?」

「ん、すこしね。だからあなたはあまりここに長居しないほうが……ああ、でもすぐに戻るんだったね」

メルヴィンはやわらかく笑う。

「あなたの部屋の居心地はどう?」

フランセットの巻き毛をひとふさとってメルヴィンは聞く。感触を愉《たの》しむように指のあいだにからめられて、フランセットの素肌が熱をおびた。

「は……い。ロジェの私室よりもひろくて、驚きました」

「たいせつなのはひろさよりも住み心地だよね。僕の屋敷にフランセットの部屋を用意しているけれど、壁紙や調度品が気に入らなかったらすぐにかえるから、そのときは遠慮なく言って」

「ぜいたく者の妃《きさき》を娶《めと》った王太子だと、評判が下がりますよ」

「愛妻の望みを叶《かな》えるのは男の甲斐性《かいしょう》だよ。あなたの喜ぶ顔を僕は見たいだけなんだ」

手のなかのプラチナブロンドにメルヴィンは口づけを落とす。どきりとしたフランセットの視界のなかで、きれいなかたちのくちびるが笑みをひいた。

「かといって、喜ぶ以外の顔を見たくないとは言わないけれど」

「え？」

「あなたが話したいことというのは？」

唐突に本題をつかれて、フランセットは口ごもった。

(だめよフランセット。お伝えするって決めたのでしょう)

己をふるい立たせて、緊張する指先を握りこむ。それからまっすぐにメルヴィンを見た。

優しく笑んでいたメルヴィンは、フランセットの様子にふと眉《まゆ》をよせる。

「……フランセット？」

「王太子殿下。わたし、殿下にお約束しましたよね。ウィールライトに入るまでに、自分の気持ちにけじめをつけるって」

沈黙のあと、メルヴィンはゆっくりと目を見開いた。

深い漆黒の瞳をひたむきに見つめながら、フランセットは己の胸のあたりを押さえた。そのあたりがひどく高鳴って痛いくらいだった。

(言わなくちゃ)

メルヴィンに伝えなくては。いや、義務感ではなく、この想いをフランセットはいま告白したかった。

緊張と高鳴る鼓動を抑え込み、意を決して口をひらく。

「メルヴィン殿下。この旅の道中でわたしは自分の気持ちに気がつきました。今夜はそのことをお伝えしたくて参ったのです。殿下のことをわたしは」

「待って」

ふいに、大きなてのひらで口を塞《ふさ》がれた。

なにが起こったのかわからなくて、フランセットはまばたきをする。

「ごめん。待って」

メルヴィンはフランセットから目をそらした。その目尻《めじり》がほんのり赤くなっているのを見て、二度びっくりする。

「……ごめん」

こんなにも気弱なメルヴィンの声をフランセットは初めて聞いた。

彼は、眉をよせて頬を赤らめながら、フランセットにふたたび目を戻す。

「いまはごめん。あんまりよくない」

なにが、と聞きたかったが彼の手で口を塞がれているのでできない。

とまどっていると、メルヴィンは首をゆるくふった。

「僕は別の部屋で寝るから、フランセットはこの部屋を使っていいよ」

口からてのひらが離れた。同時にメルヴィンはソファから立ちあがって、扉のほうへむかってしまう。

フランセットはぼう然としたが、やがて我に返り、彼の腕をあわてててひいた。

「お待ちください殿下。いきなりどうされたのですか」

「なんでもないよ、気にしないで」

「でも急にお部屋を出られるなんておかしいです。もしわたしが、なにか失礼なことをしてしまったのなら謝りますから」

そう言いつのりながらも、フランセットは泣きたくなってきた。

どうしてメルヴィンが部屋を出ようとするのか——フランセットを避けるようにするのか、まったくわからない。

(気持ちをお伝えしたかっただけなのに)

「殿下。わたしの話を聞いてください」

「ごめんね。いまは聞きたくない」

メルヴィンはノブに手をかけながら、こちらを見もせずにそう言った。

あきらかな拒絶にフランセットは衝撃をうける。思えば、彼から避けられるのはこれが初めてのことだった。

このままひき下がったら、別の部屋へメルヴィンはほんとうに行ってしまうだろう。そしてフランセットは、ウィールライト王国へ来て初めての夜を眠れないまま過ごすのだ。

（そんなの、いやだわ）

焦燥感にかられて、扉のまぎわで彼の腕をつかんだまま、メルヴィンの背をフランセットは見あげた。

「どうしてわたしを避けるのですか」

言葉に出したら、胸が締めつけられるように痛んだ。

それをこらえるために、彼の背にフランセットはひたいを押しあてた。瞳《め》をゆがめて、それでも涙を抑えこんで、ふるえる声を絞りだす。

「もう、わたしへのご興味を失ってしまわれたのですか。この道中でわたしに飽きてしまわれたのですか」

直後、力強い手で両肩をつかまれた。

気づけば視界がまわって、メルヴィンと体の位置が入れかえられている。ぐ、とフランセットの背が扉に押しつけられた。

フランセットは目をあげる。強く光る漆黒の双眸がそこにあった。

「僕が、あなたに飽きる？」

じれたような熱が彼の声にこもっている。

ぞくりとしてフランセットは息をつめた。

「十四年間、あなただけを想いつづけてきたのに」

「……っ」

くちびるを貪《むさぼ》られた。

背に押しつけられた扉がギッと鳴る。痛みに体をこわばらせたら、扉からひきはがすようにきつく抱きよせられた。

熱くぬるついた舌が口腔《こうこう》内を這《は》いまわる。くちゅ、ぐちゅ、とみだらな水音がこぼれて、嚥下《えんか》しきれなかった唾液《だえき》があごを伝った。

「っア……、ん」

からめとられて体内の熱があおられる。は、と吐息をこぼして、潤んでいく瞳をフランセットはメルヴィンにむけた。彼の漆黒の双眸はフランセットを見つめている。その奥には熱源が揺らめいている。

「ここは僕の領地だよ、フランセット」

キスの角度がかわるあいまに、メルヴィンはかすれた声でささやく。その声を聞くだけでうなじのあたりがぞくぞくした。

「僕にはあなたが、僕の巣穴に入りこんできたうさぎに見える」

フランセットの細い体をひとまわりしていた手が、腰から胸のあたりまでをたどる。

ガウンの前あわせをはだけさせられて、絹のネグリジェの上から胸のふくらみをてのひらで覆われた。

「……っ、殿下」

「僕になにを伝えたかったの、フランセット」

うなじに舌を這わせながらメルヴィンは聞く。

ぬめるような熱い感触に、フランセットの肩がぴくんとふるえた。

(こんな状態で告白したら、どうなるの)

突然の事態に動揺しすぎて考えがまとまらない。

答えあぐねていると、胸にあった彼のてのひらが動いた。ふくらみをやわらかくつかむようにされて、先端を指の腹ですりあげられる。

「あ……!?」

そこから生まれた甘い刺激が体の奥まで伝い下りた。とっさにうしろへ逃げようとしたフランセットを、力強い腕が阻む。

かたちをたどるように彼の指が先端をなでている。ざわりと腰がふるえて、ひざから力が抜けてしまいそうになった。

薄い布ごしに与えられる、じらすような優しい愛撫《あいぶ》は、フランセットに混乱をもたらしていた。

彼の舌がうなじをなで下がり、細い鎖骨を右から左へ這っていく。

フランセットのくちびるから熱い吐息がこぼれて、甘いあえぎさえまざりはじめた。それを抑えたくて、くちびるを噛《か》んでフランセットは必死にたえようとした。けれど胸の先端をゆっくりとなでてくる指先に崩されてしまう。

「ん……っ、ぁ、あ……」

「僕は理性がきくほうだけど」

鎖骨に甘く歯を立てながら、喉《のど》の奥でメルヴィンは笑う。

「だから自分でも、自分がやっかいなんだ」

「……ッ！」

先端を軽くつままれ、きゅっとひねられただけだった。

それで両脚から力が抜けて、崩れ落ちそうになるところをメルヴィンのひざが割って入った。彼の体と扉にはさまれて、かくんと前に落ちた顔を大きな手で掬《すく》いあげられる。

くちびるが奪われた。朦朧《もうろう》とする意識をかきまわすように、メルヴィンの舌がねじこまれフランセットを蹂躙《じゅうりん》していく。

「は、……ア……っ、ぅん」

体の芯《しん》が熱い。

両脚のあいだにはメルヴィンのひざが差しこまれていて、緩慢な刺激を陰唇《いんしん》に送りつづけてくる。キスのあいだずっと、濡れたように光る漆黒の双眸に見下ろされていた。その色香にぞくぞくする。

ゆっくりとくちびるが離れ、彼は笑みを浮かべた。

「気持ちいい？」

あごにふれている彼の手の親指が、濡れたくちびるをゆっくりと這っていく。

「ちが……、っあ」

身じろぎしたら、彼のひざに乗っている両脚の奥がひどく疼《うず》いた。フランセットは目の前のガウンを握りこむ。

「や、なに」

メルヴィンの指が伸びてきて、ネグリジェのボタンをひとつひとつはずし始めた。

フランセットの身がこわばる。息が乱れ意識が朦朧としているせいで、彼の動きを阻むことができない。

それすらも織り込みずみなのか、メルヴィンは、ゆっくりとしたしぐさでボタンをすべてはずし終え、フランセットの肩からネグリジェを落とした。夜気が肌にふれて、フランセットはぴくんと体をふるわせる。

素肌にメルヴィンの視線を感じて、羞恥《しゅうち》で理性が焼ききれてしまいそうだった。

「み、見ないでくださ」

「きれいだよ。白くて、なめらかで、いますぐ穢《けが》したいくらいにきれいだ」

メルヴィンの指が鎖骨から胸の谷間をすべり降りていく。羽でふれるような感触にフランセットのくちびるから熱い吐息がこぼれた。

彼は薄く笑みながら、フランセットの耳朶《みみたぶ》にくちびるを近づけた。優しい声でささやく。

「あなたが僕に伝えたかったことを教えて、フランセット」

まっすぐに見つめられて問われた言葉に、フランセットは言葉を失ってしまう。

するとメルヴィンは、すこしの沈黙のあと目をふせた。それからフランセットと視線をあわせてほほ笑む。

あたたかいてのひらで、片頬を包まれた。

「ごめんね。あなたが好きだよ」

まぶたに、頬に、鼻先に、優しいキスが降る。

両脚のあいだからひざが抜かれ、腰にまわった手に縦抱きにされた。腰のあたりでわだかまるネグリジェ、その裾《すそ》が、フランセットのくるぶしのあたりで揺れる。

「メルヴィン、殿下……」

フランセットのやわらかな巻き毛が、すこし下の位置にあるメルヴィンの頬にかかった。その髪を彼のてのひらがかきあげるようにしてフランセットの頭のうしろにまわり、優しく押し下げる。

くちびるがそっと重なった。その感触が、ただ甘い。

体内がゆるゆるとほどけていく。何度もふれあうくちびるがとろけるように気持ちよかった。

「メルヴィン殿下……わたし、殿下が好きです」

口づけのあいまに意識せずとも想いがこぼれた。

それをまた、キスでやわらかく受けとめられる。

「好き、です。殿下が、好き」

抱きしめられる腕に力がこもる。口づけが深くなり、互いの吐息がからみあった。メルヴィンの双眸は濡れたように美しく光っていた。

「フランセット……」

こんなふうに優しく、甘く、名を呼ばれたことがこれまでの人生であっただろうか。

「フランセット」

メルヴィンの瞳は熱に揺れているようだった。笑みのかたちをしたくちびるがフランセットの耳朶にふれたあと、おなじ温度で彼はささやいた。

「あなたが欲しい」

さらした素肌を直接なでていくような声に、フランセットの胸がきゅっと痛む。

「フランセットを抱きたい」

メルヴィンのてのひらは熱をおびていた。それがフランセットの頬を包んで、喉を通りすぎ鎖骨までをなで下ろす。その感触に体の芯がふるえた。

想いを伝えると決めたときから、フランセットはその覚悟も決めていた。

「たいせつにするよ。なによりも優しくする。けれど、あなたが怖いというのなら」

メルヴィンは優しくほほ笑む。

「まだ怖いというのなら、むりじいはしない」

つい先ほどまで、彼の激しい感情はむきだしにされていた。けれどこの数瞬でメルヴィンはそれを自分でかき消したようだった。

完全に消しさったのか、それとも体の奥に押し隠しただけなのか。フランセットはそれを知るすべを持たない。

「かわいいフランセット。僕は、あなたを怖がらせたくはないんだ」

黒水晶の瞳はきれいに澄んでいる。

アルコールによる意識の揺らぎも、フランセットへむかう飢えにも似た欲望も、超大国の王太子である彼ならば、ほんのすこしの努力で飼いならせるものなのかもしれなかった。

(でも、わたしはもう決めていたから)

このひとが好き。このひとの妻になりたい。

メルヴィンと、ずっといっしょに生きていきたい。

「メルヴィンさま」

想いをこめて、フランセットは告げた。

彼の頬を指でたどる。

「フランセットを今夜、メルヴィンさまの妻にしてください」

あなたの妻になりたい。

その願いは、メルヴィンの手によってひきよせられて、くちびるで覆われた。


蜜蝋《みつろう》の光が揺れている。

やわらかなベッドに横たえられて、フランセットの髪がシーツにひろがった。

「きれいだよ」

てのひらで頬をなでられる。そんなメルヴィンこそがきれいだとフランセットは思う。

メルヴィンは、フランセットの横に手をついて覆いかぶさるようにしていた。漆黒の瞳と、同色の髪。オレンジ色の光によって陰影が揺れ動く繊細な面差《おもざ》し。

それがふと、甘く笑んだ。

「ある程度までなら途中でやめられる」

頬をたどっていたてのひらがすべり、喉を伝い降りた。ぴくんとふるえるフランセットの、ふっくらと弧をえがく胸を包みこむ。

「あ……」

「怖かったり、痛かったりしたら言って。痛い思いをさせるつもりはないけれど、でもやっぱり初めては痛むかな」

ゆっくりと、彼の指がふくらみに沈んでいく。自分の胸が彼の指によっていやらしくかたちをかえるのを、フランセットは頬を赤く染めながら見ていた。

やわらかく揉《も》まれるたびに、体の奥へとろとろとした熱が折りかさなっていく。

その熱にたえるためフランセットはくちびるを噛む。けれど、彼の指が薄赤い先端にふれて円をえがくようになで始めると、お腹《なか》の奥のほうまで熱がピンと張るようで、フランセットは枕《まくら》の端をつかんだ。

「……っん、ぅ」

先端をいじられると、下腹部のあたりがひどく疼く。熟《う》れた熱とともにくちびるから声がこぼれそうになって、フランセットは指が白くなるほど枕の端を握りこんだ。

「……フランセット」

その手をとられて、なだめるように指と指がからめられる。いつのまにかぎゅっと閉じていた目をあけて、フランセットはメルヴィンを見あげた。

視線があうと彼は優しくほほ笑んだ。けれど胸を愛撫する手はとまらないから、フランセットはひくんと喉をあえがせてしまう。

「っあ、ん……」

「閨の知識は？」

問われて、フランセットはかろうじてうなずく。

「あり、ます。侍女から。ひととおり」

「侍女からだけ？」

「あとは、知人から。最初は、とても痛むけれど……その」

「うん」

恥ずかしさに頬を染めながら、フランセットはぽつりと言った。

「慣れると、とても気持ちいい、と」

「いい友人だね」

くすくす笑いながらメルヴィンは、からめた指を持ちあげてキスを落とした。

「こうも教わらなかった？　緊張せずリラックスしていたほうがもっと気持ちいいって」

指に沿って彼の赤い舌が這う。その淫靡《いんび》な光景と熱くぬるついた感触に、フランセットはぞくりとした。

「とは言うものの、僕も――」

フランセットの指先にキスをして、メルヴィンは手をシーツに戻す。

「あなたの肌にふれて冷静でいられるかと言えば、そうでもないけれど」

「っあ……！」

かたちのいい乳房を、先端を押しつぶすようにしてなでられた。てのひらが通りすぎたあとに、赤く張りつめた乳首はすぐに上をむく。それを恥ずかしいと思うまもなく、胸の根もとをつかまれて優しく揺すられた。先端を指の先でくすぐられて、熱い疼きが駆け下りる。

「っア、ん……！」

もう片方の胸も別の手に包まれて、かたちをかえられた。

メルヴィンの顔が下がっていき、彼のサラサラした髪が肌にふれる。ぴくんと肩がはねると同時に、まだやわらかい先端を口のなかに含まれた。

ねっとりと巻きつかれ、軽く吸われて、その甘い刺激にフランセットはたえきれない。

「や、ァ、ああ……！　メルヴィン、さま……っ」

胸をつかむ両手にフランセットは指をかける。しびれるようになっている指先には、うまく力が入らない。

(どうしよう……どうしよう)

二十五年間生きてきて、恋人ができたことは一度もない。その上フランセットは、流行《はや》りの恋愛小説より歴史書や法律書を読むことのほうが多かった。

熱い舌と、きれいなかたちをした指で、色づく先端を愛《め》でられている。

体の芯が溶けてしまうような快感と、意識が焼ききれてしまいそうな羞恥に襲われて、どうしていいのかわからなくなった。

『夫に任せればいいのよ。そのうち気持ちよくなってくるから』

フランセットの知人――じつは海辺で会ったいとこのアレットである――が訳知り顔でそう教えてくれたことがある。

『最初のほうはそんなに気持ちよくなかったけど、夫に勘づかれたらやっかいなことになるから演技してたわ。夜まで神経を使わなければならなくて疲れちゃう。既婚者ってほんとうにたいへんよ。フランセットはいいわね、独《ひと》り身で』

よけいなセリフまで思いだしてしまったが、とにかくアレットは、最初は演技をしていたと言っていた。

(演技って、いったって)

胸の先をはじかれて、フランセットの背がしなる。

「あ、あ……っ」

もう片方を甘く噛まれた。

やわらかく歯先が沈んで、するどい快感にあえぎ声がこぼれる。強すぎる刺激から逃《のが》れたくて、かかとがシーツをすべった。

それをメルヴィンが小さく笑うから、フランセットの頬がさらに熱くなる。

(演技なんて、する余裕ないわ……!)

お腹の下のほうがさっきから熱く疼いていた。このあたりの部分で行うことが、いわゆる閨ごとだということは理解している。

けれど、理解と実践はまったく別物だということをフランセットはいやというほど思い知った。

じゅう、ときつく吸いあげられる。

同時にもう片方を指の腹でこすられて、頭のなかが白く染まった。そのままなにかに持っていかれそうになる。

「あぁ……っ!」

「感じやすいね」

甘い声が耳朶《じだ》にふれる。

いつのまにかメルヴィンが顔をあげていて、フランセットの耳をなめていた。

「あ、でん、か……っ」

「まだがんばれる？」

甘やかすような声で聞かれて、フランセットは小さくふるえながらうなずいた。

彼のものになると決めたのだから、ひき下がるなんてことはしない。

メルヴィンが、唾液に濡れた胸の先端を二本の指でコリコリといじっている。

「あ、ん、ぅん……っ」

「フランセットの感じてる顔、かわいい……」

陶然とささやきながら、メルヴィンは、自身のくちびるでフランセットのそれを塞いだ。やわらかな熱がすぐに押しこまれて、口腔内をじっくりと愛でられる。

舌をからめとられて、口の端からこぼれそうになった唾液を啜《すす》られた。そのみだらさにたえきれず、フランセットが顔をそむけようとすると、乳首をきゅっとひっぱられる。

「ぅん……、ん、ふ……っ」

ぴくんとはねる体を、体全体で優しく押さえつけられている。くちびるを激しく貪られながら、赤く色づいた乳首をもてあそばれる。

口の端から熱い吐息があふれて、それすらも彼に呑みこまれていった。間近から見下ろしてくる漆黒の双眸が熱に濡れている。

目があうと、体の奥がきゅっとせつなく痛んだ。

そこにふれてほしい。ほとんど衝動的にフランセットは思った。

メルヴィンが甘く笑う。

「そんな顔をしないで、フランセット」

自分はどういう表情をしているのだろう。わからなかった。

彼の手が体のラインに沿ってなで下がっていく。腰のあたりにわだかまっていたネグリジェが、あっけなくとりはらわれた。

ドロワーズをつけていなかったので、白くなめらかなふとももが外気にさらされる。

「あなたはどこもかしこもすべすべだね」

いとしげにふとももをさすりあげられた。その淡い感触にすらぞくぞくとふるえるようだ。

「白くてやわらかくて。……ああ、ほら」

つけ根にたどりついた指に、ゆっくりと秘裂をなぞられる。

これまで感じたことのないほどの愉悦がざわりと生まれて、フランセットは目を見開いた。

「あ……！　メルヴィン、さま……っ」

「ここも、とろけるようにやわらかい」

二本の指でひろげられて、顔を出したピンク色の粘膜をなぞられた。

腰がぐずぐずと溶けてしまいそうな快感に、フランセットはとっさに逃げをうつ。

「や、だめ……！」

シーツを蹴《け》って上へ逃げようとしたら、メルヴィンの手に腰をつかまれてしまった。またその場所を刺激されて、フランセットのくちびるから泣き声に似た嬌声《きょうせい》があがる。

「ア、ぁあ……っ。ひ、ぅん……っ！」

「大丈夫、ちゃんと濡れているよ。痛くないでしょう？」

浅いところをゆるくかきまぜるようにされたら、粘性のある水音が立った。その液体に関する知識はあったけれど、体に頭がついていかない。

粘膜をゆっくりと這いまわる彼の指に、つめの先まで支配されていた。

息を乱すフランセットを、メルヴィンはいとしげに見下ろす。

「まだまにあうよ。これ以上は怖いと言うならあなたに服を着せてあげる」

みだらな体液を塗りひろげるように長い指が動く。

視界がさだまらない。メルヴィンの声がすこし遅れて届いて、けれどそのとき、彼の指が上のほうにすべった。

媚肉《びにく》に埋もれていた小さな粒をなでられる。

「っ、あ、ああっ！」

強い感覚にフランセットの腰がはねた。

逃げたいのに、力強い手で腰をつかまれていて逃げられない。

フランセットを見つめながら、ふくらみはじめた粒をメルヴィンはゆっくりとなでまわしている。

みだらな熱がせりあがってきて、フランセットの体内が愉悦に侵されていく。

「ア、ぁあ、だめ、だめ……っ」

細腰をつかんでいた手が小さなひざを覆った。片足を折りたたまれて、外側にひろげられる。

だれにも見せたことのない場所に、メルヴィンの視線を感じた。

羞恥でどうにかなりそうになる。逃げようとしても、蜜《みつ》のあふれる粘膜をいじられると体がしびれて力が入らない。

「や……見ない、で、くださ」

涙でにじむ視界にメルヴィンを映しながら、フランセットは首をふる。彼は、欲情した瞳を笑みのかたちに細めた。

「どうして？　とてもきれいだ。ピンク色に光って、気持ちよさそうにヒクついてる」

「ひ……っ」

これまでよりも深いところまでゆっくりと指が入ってくる。

襞《ひだ》を押しわけられるような異物感に、フランセットは息をつめた。

「大丈夫だよ」

親指の腹が、固くなり始めている雌芯にかかった。ぬるぬると転がされて、強い愉悦にまた支配される。

体内には指がじっくりと抜き差しされていた。

くり返されるごとに異物感が遠のいていく。蜜襞をこすられる感触がただ甘い。もの慣れない体にはたえられないほどだった。

「や、あ、ア……！」

「このあたりでやめておく？」

自分のなかからにじむ体液が彼の指を濡らしているのがわかる。ぐちゅぐちゅと、みだらな水音がシーツに沈んでいく。

熟れつつある果肉をいじりながら、メルヴィンは舌なめずりをした。

「まだ……ああでも、ギリギリかな」

彼の声に、まなざしに、淫靡な色がまとわりついている。

「怖い？」

甘く聞かれて、けれど下肢をさいなむ指はとめてくれない。

さっきよりも、指が深い。

感じるところを探るように、なでたりかきまわしたりされている。

「あ、ぁ……っ、も、う……もう、わたし」

「そんなかわいい声をして。たまらないな」

「ち、が……っ、あぁッ！」

ふくれた尖《とが》りを押しつぶされた。

同時になかの感じる部分をこすり立てられて、視界が真っ白に染まる。

どうしようもなく腰がはねて、彼の指に気持ちのいいところをすりつけるようにしてしまっていた。

なかがきゅうっとひき絞られ、埋められた指のかたちがはっきりとわかる。収縮が終わらないうちに、メルヴィンは半《なか》ばまで指を抜き、また深々と埋め込んできた。

「ぁ、あああっ！　や、ぁ……殿下ぁ……！」

初めての絶頂を味わわされ、すがるようにメルヴィンへ伸ばした手をつかまれた。いとしげにてのひらにくちびるを押しあてられて、ぞくんと下腹部に熱が走る。

指は埋められたままだ。すがめられた彼の瞳がフランセットを見下ろしている。

「まだ、もうすこし。ひき返してもいいよ。がまん強さに自分でもあきれるけれど」

指が増やされた。一本目に沿うようにねじ込まれてくる。

異物感よりも甘い衝撃しか感じられない。フランセットはひくひくとあえいだ。

「あなたがつらそうにしているとかわいそうで見ていられないんだ。ああでも、悦《よ》さそうだね」

「あ、あ……っ」

「二本でもきついな。なかは滴《しただ》るくらいだけれど、どうしようか」

ぬちゅ、くちゅ、と緩慢に抜き差しをくり返されて、腰が煮崩れてしまいそうだ。

みだらに濡れた花びらの内と外を、何本もの指でメルヴィンはもてあそんでいる。もう片方の手はフランセットの手をとらえていて、その細い指を愛でるように口に含んだ。

「……っ、でん、か」

「僕はこのかわいい指をくれるだけでもいいんだけど」

喉の奥で笑いながら、メルヴィンは指先にキスをする。

「なかにもっと欲しい？」

「ひあ、ア……！」

蜜孔のいちばん感じるところを執拗《しつよう》にすり立てられる。ふくらみきった外側の尖りはコリコリと揉まれて、毒のような愉悦を体内に流し込んできた。

「フランセット？」

優しい声で、質問の答えをメルヴィンが求めてくる。

しかし、愉悦に侵されたフランセットの意識は、なかをもてあそぶ彼の指ばかりを追ってしまう。

（ここで、やめるか、って）

みだらな水音が鼓膜にからみつく。残酷なほどの快楽に、溶かされてしまうような熱ばかりがたまっていく。自分ではどうにもならなくて、焦燥感ばかりがつのっていった。

（ここで、やめられてしまったら）

「だ、め……」

涙をこぼしながら、フランセットは必死に訴えた。

「だめです、やめないで。このまま、最後まで――、っあ」

ずるりと指がひき抜かれた。

これまで苦しいほどに充溢《じゅういつ》していた体内が突然空虚になる。

色濃い愉悦がじんとしたしびれを残して消えてしまいそうになり、フランセットはいっそ恐怖を覚えた。

「あ、だめ、抜かな……っ」

直後、ぐっと押しつけられた固さに全身がこわばる。

フランセットの体を挟むように両手をついて、メルヴィンが一度、熱い息を吐いた。たくましい肩にかろうじてひっかかっていたガウン、その下に、彼はなにも身につけていないようだ。

「……フランセット」

情欲に濡れた双眸に見下ろされ、かすれた声で名を呼ばれて、フランセットの体の奥がぞくりとざわめく。

湯あがりの湿った黒髪が漆黒の瞳にかかっている。男らしい首すじを汗が一滴流れていった。

匂《にお》い立つようなメルヴィンの色気に、フランセットは目を奪われる。細腰に手がかかって、それからふと、彼の瞳がやわらいだ。

「ああ……ほんとうにかわいいな、あなたは」

「え？　――っ、あ」

脈絡なく告げられた言葉に、思わずフランセットの力が抜けた。

直後、閉じた花びらをこじあけるようにして、固いものがずくりとねじ込まれてくる。

その強烈な異物感にフランセットは息をつめた。まるで、熱のかたまりにじっくりと灼《や》かれながらつらぬかれていくようだ。

熱いとも痛いともつかない感覚に喉の奥がふるえる。シーツを握りこんで、片頬を枕に押しつけた。

「あ……、ア」

「フランセット」

ゆっくりとフランセットをつらぬいていきながら、メルヴィンはフランセットの髪をなでてくる。

彼の声はひどく優しげなのに、その顔を見あげてみると、なにかにたえるようなせつない表情をしていた。

「ゆっくり息をして」

「は、っ、あぁ……っ」

体を裂かれるような痛みに眉がゆがむ。

荒く上下する胸のふくらみがふるりと揺れて、それをメルヴィンのてのひらがつかんだ。フランセットの官能をあおるように、ゆっくりと揉みしだかれる。

柔肉がいやらしくかたちをかえられて、教え込まれた甘い愉悦が下腹部まで届く。指のあいだからつきでた色づきを、熱い口腔内に含まれた。

「やっ、あ、ああっ！」

やわらかくあてられた舌と歯で、ぬるぬると扱《しご》かれる。

敏感な部分へのたまらない愛撫と、下からねじこまれてくる凶悪な熱源に、フランセットは翻弄《ほんろう》された。

「だめ、だめ……っ、あ、ひあぁっ！」

ぐ、とメルヴィンの腰が押し進められた。胸への愛撫によってあふれでた愛液が動きを助けているようだった。

(でも、もう)

体内が熱く溶けてしまうような感覚に侵される。

気持ちいい、熱い、息苦しい。メルヴィンの大きな情欲に対して、自分の体は小さくて、もうこれ以上。

「も、入らな……」

「うん」

ふとメルヴィンは、汗のにじむ面に自嘲《じちょう》の笑みを浮かべたようだった。

「そうだね。でも大丈夫。もっと奥まで入るんだよ。……ほら」

みっちりと閉じている蜜孔の奥へ、ずぐっ……と沈むように押し入ってくる。襞をひきずるようにすこしだけ後退して、また。

同時に、胸の先端を甘く噛まれて乳首を吸いあげられた。

「あ、あぁっ！　や、だめ、も、殿下ぁ……っ」

視界がチカチカする。

体内に埋められていく圧倒的な質量と快楽に、フランセットはおびえた。

「あ、アっ……！」

「怖いのなら僕につかまっておいで」

フランセットは、言われたとおり腕を伸ばしてメルヴィンの首もとにすがりついた。褒めるように、笑みのかたちをしたくちびるがひたいに押しあてられる。

怖いならもうやめようか、とメルヴィンが言わなかったことにフランセットは遅れて気がついた。

なかを優しく揺すりあげられて、痛みではなく甘い快感が体内に響いて、フランセットは啼《な》き声をあげる。

「つん、ぁ、あ……！」

「ほら、フランセット。奥まで入ったよ。わかる？」

つきあたりを優しく押されて、フランセットはびくんと腰をはねさせた。

「あ、あ……入っ、て……」

「平気？」

深く埋めこんだまま動かずに、メルヴィンはフランセットの頬をなでる。大きな手に自分のそれをかさねて、フランセットはぽろぽろと涙をこぼした。

「でんか……殿下」

「うん」

「うれしい、です。わたし、殿下とひとつ、に」

「そうだね」

メルヴィンはとろけるように笑う。フランセットの目尻にくちびるをよせて涙を吸いとった。

「あなたの体をこのまま全部食べてしまってもいい？」

ゆるゆると律動が始まる。熱い愉悦を感じて反《そ》った喉を、メルヴィンの舌が這っていく。

「あ、あ……でん、か……っ」

「名前を呼んで、フランセット」

せつない声でメルヴィンが乞《こ》う。

ギリギリまでひき抜かれ、またじっくりとなめるようにつらぬかれていく。めまいがするほどの快楽に、おかしくなってしまいそうだった。

「あ、ん……っ、ぁあ……！」

「っ、フランセット」

息をつめたメルヴィンが、襞を何度もこすり立てる。ぐちゃ、ぐちゅ、とみだらな音が肌にまとわりつく。

気持ちいいと、ただそれだけに思考が支配されていった。

「メルヴィンさま……メルヴィンさま」

名を呼んだだけでなかがきゅっとしまった。メルヴィンが眉をゆがめ、それから自身を奥へするどくたたきこむ。

「や、ぁああっ！」

「は、フランセット。どうしてそんなにかわいいの」

「ひあ、そこ、だめ、だめぇ……っ！」

いちばん奥を押しあげられて、固い切っ先をこすりつけられて、その瞬間にフランセットは絶頂に達した。襞がメルヴィンにすがるようにうねって、彼のかたちが脳裏に焼きつく。

もう限界だというのにメルヴィンは、軽くひいたあとまた力強くねじこんできた。

「ア、あ……！　いや、ぁあ……っ」

「ああ、いまのはすこし危なかったかな。持っていかれそうだった」

小刻みに揺さぶりながら、メルヴィンは笑う。

「まだあなたに僕をなじませてない。僕に抱かれるとどんなに気持ちいいか、この体に刻みこんであげる。僕がいないと体が疼いて夜を越せないくらいに」

甘い声音でとんでもないことを告げながら、メルヴィンはフランセットの体に両腕をまわした。つながったまま抱き起こされ、むかいあわせで彼の上に座らされて、ぐっと深くまでつらぬかれる。

「ぁ、あああっ！」

一瞬で達した。

メルヴィンは眉をよせ、それでも口もとで笑みながら、フランセットの髪に手を差し入れる。

「僕を想っただけで濡れる体になったらいい」

「そ、んなの、だめ……、ぅん……っ！」

くちびるを貪られる。あますところなく口内をなめしゃぶられて、舌をからめとられた。

「ッ、だって僕が、そういう体にされてしまったんだから、あなたもなってもらわないと不公平でしょう？」

激しい口づけの下でも、みだらにつながりあった下肢では熱杭《くい》がじゅぷじゅぷと出し入れされている。

もうなにも考えられない。

口の端からだらしなく唾液がつたい、それをじっくりとなめとられ、またくちびるを奪われた。熱い舌に口内をまさぐられる感覚が、ただ気持ちいい。いつのまにか羞恥すら感じなくなった。

最奥を揺さぶられて、子宮の底をえぐられて、腰を浮かされたと思ったらまっすぐに落とされる。

ずっと、自分のくちびるから自分の声ではないみたいなあえぎ声がこぼれていた。それが鼓膜にまとわりついて、現実感が失《う》せていく。熱く締まる襞をこじあけるようにこすりあげられて、体内を暴かれていく。

「ぁ、あ……ッ、ん、ぁあ……っ」

「気持ちいい、フランセット？」

メルヴィンは、体のあいだに入れたてのひらで胸のふくらみを愛でながら、甘い声で聞く。

耳もとでささやかれたことで、フランセットのなかがぞくんとふるえた。うなずくよりも先に肉襞が彼を締めつけて答えを伝える。

「ん、……っきもち、いい、ァ、ん……っ」

「かわいい声」

「っや、ちが……っ。ぁ、あっ」

かわいいなんていう言葉は、自分よりもメルヴィンにぴったりだと思っていた。

（五つも年下で、人形みたいに整った顔立ちをしていて、いつもひだまりみたいにほほ笑んでいて）

けれど、こうしてフランセットを抱きしめる両腕はたくましく、胸板は固くて、フランセットを貪るさまはまるで飢えた獣のようだ。

激しくつかれて、また達《い》かされる。

フランセットはメルヴィンにしがみついた。彼の体は熱がこもっているように汗ばんでいる。

体内が、メルヴィンの熱に溶かされているようだった。思考さえもとろとろにされて、彼の熱以外、なにも感じることができない。

大きなてのひらに素肌をたどられて、ぐちゃぐちゃと奥をえぐられて、ただそれが、意識を手離してしまいそうなほど気持ちいい。

「ぁ、もう、メルヴィンさま、もう、おかしく、なっちゃ……」

「あなたのなかはもっと欲しいと言っているよ。ほら」

「やっ、いや、そこ、だめ……っ」

すすり泣きながらメルヴィンに助けを求める。彼のガウンを握りこんで首を横にふると、その手をそっと握られた。

優しげなしぐさとは裏腹に、彼の凶悪なものがフランセットの弱い奥の部分にこすりつけられる。

「ひ、あ、あ……！」

「どうして？　好きでしょう、ここ。もっとふたりで気持ちよくなろう」

メルヴィンの熱い吐息とともに、口のなかに耳朶をねっとりと含まれる。深く噛まれても痛みを痛みだと感じなかった。ただ気持ちよかった。

「ぅん……ん、ぁ、ああ……っ」

「愛してるよ、フランセット。愛してる……」

熱くかすれた声で何度も告げられながらキスの雨が降る。心の全部を彼にとらえられていく。

（どうしよう、わたし）

熱く上気する肌をたくましい腕に抱きこまれている。フランセット、と呼ばれるだけで涙がこぼれた。

「好きです……大好き」

めまいのするような愉悦と幸福感に溺《おぼ》れながら、せつなくあえぐ吐息のあいまにフランセットは告げる。

「わたしは殿下を、メルヴィンさまだけを、ずっと、ずっと」

ひときわ強く情動をたたきつけられた。

悲鳴があがる。くちびるを奪われて、奥深く膣《ちつ》孔をつらぬかれ、つきあたりをえぐられて——

それから、体の奥が熱く濡らされたような感覚がした。

「……ア、あ……」

力の抜けた体をベッドに倒される。組みしかれて、二度三度ゆっくりと抜き差しされて、また根もとまで埋められた。

熱い吐息とともに、メルヴィンのくちびるがうなじに押しあてられる。

「っ、でん、か……」

「……うん」

メルヴィンは体をずらして、横むきにフランセットを抱きしめる。

「ごめんね。僕も一応、イったことはイったんだけど。まだ抜きたくない」

「え？」

「あったかくて気持ちいい。このまま寝てもいいかな……」

すでに語尾があやしい。いやな予感がして「殿下？」と呼びかけてみたら、返事がなかった。

かわりにすやすやとした寝息が聞こえてくる。

（まさか……寝た!?）

フランセットはがく然とした。がく然としすぎて、敬語が抜けた。あわてて思い直す。

（お眠りになった!?）

力の入らない腕をつっぱって、フランセットはなんとか起きあがろうとしたが、メルヴィンの腕が体に巻きついていて動けない。

しかも、なかに入ったままの、おそらくは萎《な》えているであろうそれも抜くことができなかった。

「嘘《うそ》でしょ」

フランセットは青くなった。

何度か身じろぎしたが、そうするとなかにあるものがこすれて、なんだかとんでもなくつらい。

（しかも、殿下のあれがだんだん大きくなっている気もするし……！）

動かないほうが賢明だとフランセットは考えた。だからおとなしく彼に抱かれるままになっておく。

しかしながら、彼の体熱がなかにあるという状況はどうにも落ちつかない。

（これも、夫を癒《いや》す妻のつとめだと思えば……！）

妻とはなんと奥深い役割なのか。

夫の政務をかかげながら支えるだけが妻ではないと、フランセットは認識を新たにした。ここで、なんだかちがう気がすると思ったら負けだ。

たくましい腕のなかで、目の前にあるメルヴィンの顔をフランセットは見つめた。

(きれいなお顔……)

思わずため息がもれる。長いまつげ、通った鼻梁《びりょう》、かたちのいいくちびる。ともすれば儚《はかな》げな印象を与える顔立ちは、けれど漆黒の髪と瞳に男らしくひきしめられている。

(お肌もすべすべだし)

こんな奇跡みたいな青年に、かわいいだのきれいだの言われている自分。いったいなんなのか。

(肌のお手入れ、もっとがんばらなくちゃ……)

メルヴィンの頬に指をかけたまま、フランセットは決意を新たにした。しばらくすると体の力が抜けて、まぶたがゆるゆると下りてくる。

(殿下とつながったまま寝るなんて……そんないやらしいことしてはいけないわ)

しかし、長旅と初めての睦《むつ》みあいに疲れはてた体は、眠気に勝てなかった。


扉のひらく音がした。

フランセットの意識がうっすらと戻ってくる。

(ここは……どこだったかしら)

ロジェ王宮にある自室のベッド？

いやちがう、自分はウィールライト王国の王太子に嫁ぐことになり、彼とともに生国を出て、彼の領地内にある関所にたどりついて。

それから。

フランセットはゆっくりとまぶたをひらいた。天蓋《てんがい》から下りるカーテン、そのむこう側からふたりの青年の声が聞こえてくる。メルヴィンとアレンのようだ。

「というわけだから、今日は移動できそうにないんだ。アレンもいっしょにここにとどまってくれるとうれしいんだけど」

「ほんとに今日一日だけ？　寵愛《ちょうあい》がすぎて三日も四日も足どめってことになんない？」

からかう声はあきれまじりだ。

「さすがにならないとは思うけど」とメルヴィンが答えた。あいかわらず、弟を相手にすると優しい声になる。

「おまえに急ぎの用があるならむりは言わないよ。ただ、アレン以上に腕の立つ兵士はいないから、ひきつづき護衛をつとめてくれるとありがたいなと思っているだけなんだ」

「よく言うよ。メルヴィンとやりあって無事でいられる男がこの王国にいるわけないでしょ」

「僕は実戦経験がすくないからね。おまえがいっしょにいてくれると心強いのだけど」

「ハイハイわかりました。ここまできたらメルヴィンの屋敷に義姉上を送り届けるまでつきあうよ」

「ありがとうアレン。大好きだよ」

メルヴィンの、包みこむような優しい声にフランセットはどきりとした。

それから二言《ふたこと》三言《みこと》話したあと、アレンが部屋を出ていく気配がした。

フランセットがもぞもぞと身を起こすと、ベッドを囲むカーテンがひきあけられる。

「おはよう、フランセット」

甘い声と笑顔で、ついでに頬にキスまで贈って、メルヴィンはベッドに腰かけながらフランセットを抱きよせる。

「体大丈夫？　つらくない？」

気遣うような声に胸が高鳴る。

きれいな瞳を見ていられなくて、フランセットは目を伏せつつ答えた。

「大丈夫、です」

「そう？」

メルヴィンはくすりと笑ったようだった。

ほんとうは全身が重だるくて、足のあいだになにかが挟まっているような感覚がずっとしている。大丈夫だとごまかしたが、強がりだということはバレている気がした。

「朝食をこの部屋に運ばせたんだ。軽いものがいいと思ってフルーツを多めにしてもらったよ。食べられそう？」

そう言うメルヴィンの頬は、つやつやしていてじつに健康的だ。

「はい、フルーツなら食べられると思います。それよりも殿下、今朝はいつになくお元気そうですね」

「うん。だって長年の夢が叶ってすっきりしたもの」

にこにこ笑って立ちあがりながら、メルヴィンはフランセットを軽々と横抱きにした。フランセットはびっくりしてメルヴィンに抱きつく。

「こ、こういうときは事前にひとことおっしゃってください！」

「昨夜のフランセットはとてもかわいかったな。ねえ、今夜もしようね。明日もあさってもきみを毎晩抱かせて」

「夜ごと色に溺れていたら、殿下の政務に障《さわ》りが出ます。だめです！」

「あはは、フランセットはまじめだなぁ。じゃあ朝ならいい？」

「えっ？」

フランセットを横抱きにしたまま、メルヴィンは長椅子《いす》に腰かけた。テーブルにはカットフルーツのほかに、ナッツのグラノーラやベイクドビーンズ、苺《いちご》ジャムのヨーグルトなど、軽めの朝食が乗っている。

これなら食べられそうだ。そう思ったら急にお腹がすいてきた。どれから食べようかと考えていたら、フランセットのこめかみに彼のくちびるが押しあてられる。

うっとりとしたような声でメルヴィンがささやいた。

「朝食を食べるより先に、あなたを食べたいな」

「ご冗談ですよね？」

「もしかしてお腹がすいてる？　それなら食べさせてあげるよ」

メルヴィンは上機嫌の様子で銀のフォークをとった。ひとくち大にカットされた桃《もも》をフランセットの口に押し込む。

フランセットは、突然のことにむせそうになりながらも、みずみずしい果肉をなんとか飲みこんだ。

「おいしい？」

「た、たぶんおいしかったと思います」

ふいうちの「あーん」のせいで味が吹きとんでしまったなんて言えない。

メルヴィンはうれしそうに目を細めて、それからフランセットに顔をよせた。肩をこわばらせるフランセットを抱きこんで、口角に残った果汁をなめとる。

「ほんとうだ、甘くておいしい。フランセットみたいだ」

「たっ、食べたいならお皿からお召しあがりください！」

「だって僕が食べたいのはフランセットだもの」

甘い笑みを浮かべながらとんでもないことを口にして、メルヴィンはフランセットに口づける。そうされながらネグリジェの裾がたくしあげられていった。

「おなじ果汁なら、あなたのものをなめたいな」

「やっ……」

下着をつけていなかったため、足のつけねをじかになでられた。昨夜のなごりをあおられて、息が熱くあがってしまう。

ほてり始めた陰唇をなぞる指に意識を持っていかれているうちに、彼の腕にフランセットは抱き直されていた。背中からすっぽりと抱きこまれて、片脚だけを長椅子に持ちあげられる。結果、しどけなく両脚をひらく格好にされてしまった。

「で、殿下……！　ひあっ」

あわてて身を起こそうとしたら、二本の指で浅くえぐられた。じんとした甘いしびれが生まれてフランセットは体をこわばらせる。

はしたなくひろげられた両脚の奥、淡い色をした粘膜を長い指が這っている。しかも朝だ。明るい日差しのなかではどうやっても肌を隠せない。

「や……、いや、です。メルヴィン殿下」

「朝食を食べさせてあげるだけだよ。怖がらないで」

「で、でも、――っ」

二本の指が深々と埋めこまれた。フランセットは息をつめる。

ゆっくりと抜き差しがくり返される。ずぷずぷと押しこまれるのがたまらない。襞が愉悦にざわめいて、陽光のなか、メルヴィンの指の動きがフランセットの目にはっきりと見えていた。

彼の指が愛液に濡れている。フランセットの頬がかぁっと熱くなった。

「いや、こんな、こんなの、やめてください殿下……！」

彼のガウンに片頬を押しつけるようにして目をそらす。

そのときフランセットのくちびるに冷たいものがぴちゃりと押しあてられた。

桃だ。

「食べて」

メルヴィンはやわらかくうながしてくる。

フランセットは首をふった。彼は色をはらんだ声で告げる。

「食べないともたないよ」

「え……？　――っあ」

ぐちゅりと指がつき入れられた。昨夜ひらかれたばかりの花びらのなかをかきまぜられる。快楽の熾火《おきび》があおられて、フランセットは喉をふるわせた。

「ア、ん、ん……」

まさぐられる体内から愉悦がひろがる。その波紋はフランセットの指先にまでたどりつき、抵抗の意志をやわらかく消していく。

「殿下……殿下」

気づけば、彼の首もとにこめかみを押しつけるようにして快楽にあえいでいた。

ひたいに甘いキスが落ちる。それだけで全身がざわめいてしまう。

口のなかにみずみずしい冷たさが押しこまれていった。桃の果実はゆるく噛むだけで甘く崩れて、喉の奥へ溶けていく。

あごを手で掬われて口づけられた。舌を深く差し込まれ、桃の果汁を啜られる。熱い舌の動きとみだらな水音に、フランセットの思考回路が塗りつぶされていった。

「ぅん……っん、ァ……、メルヴィン、殿下」

「もっと食べたい？」

「は……、もっと、ほし……っん」

なかに埋められた二本の指が、フランセットの感じる部分をこすりあげた。たまらない刺激に腰がとろけそうになる。

(なんで、こんなに)

メルヴィンが行為に慣れていないなんて嘘だ。大嘘だ。

こんなふうにとろとろに溶かしておいて、メルヴィンは口もとに笑みさえ浮かべてフランセットを見つめているのだ。

黒水晶の瞳がみだらな興奮に光っている。フォークの先ごと、口のなかに果肉をまた押し込まれる。けれど、さんざんもてあそばれた舌とくちびるは、しびれてうまく動かなかった。すこしのかけらをかじっただけで口もとから桃が素肌をすべり落ち、胸のふくらみの上でとまる。

肌にひかれた果汁の跡にメルヴィンの舌がふれた。あごから首すじ、鎖骨のあいだをぬるぬるとなめ下ろしていく。

「っあ、ん……」

口のなかに残ったわずかな果肉がみだらにほどけていく。

「果汁が甘いのかあなたが甘いのか、わからなくなるな」

柔肌に舌を這わせながら、メルヴィンが陶然とした声でささやく。

桃のほうが甘いに決まっていると伝えたかった。しかし、胸のふくらみにひっかかっている桃を赤く色づいた乳首といっしょに口に含まれたせいで、言葉が吹きとんでしまう。

「ぁあっ……！」

うしろから抱きしめられていたはずなのに、気づいたら座面に背を押しつけられていた。

冷たい果肉を巻きこむように熱い舌が乳首にからみつき、ちゅうっと吸いつかれる。

「――っ！」

快楽につらぬかれてフランセットは背をしならせた。同時に指で蜜孔をえぐられて、がくがくと腰がふるえる。

達したことによって大量にあふれた蜜を別の指が掬い、上部の尖りになでつけた。ねもとから薄皮をむかれて、神経のかたまりとなったそこをぬるぬると転がされる。

フランセットの視界が真っ白に染まる。極めた直後からさらに強い愉悦を打ちこまれて、自分のものではないみたいに体がふるえた。

「や、っあ、ああ、もう、だめ、だめ……！」

なだめるように胸のふくらみをなでまわされ、彼のくちびるにとらえられたほうの先端、桃の果肉ごしに、ゆっくりと歯先が沈んでいく。

「ひう……！」

あまりの快楽に涙がこぼれた。与えられる刺激にフランセットは追いつくことができない。

一方で、達した体は埋められた彼の指を締めつける。ふりきるように抜かれて、かわりに押しつけられたのは圧倒的な質量だった。

全身がぞくぞくと総毛立つような快感に、フランセットは泣き声をあげる。

「待っ……、殿下ぁ……！」

「は、すごくキツいな」

ととのったかたちの眉をよせて、けれどくちびるを笑みにゆがめながら、メルヴィンは熱塊を強くねじ込んでくる。

みだらに張りつめる乳房を大きなてのひらがザラリとなであげる。首すじから頬にたどりついて、親指がフランセットのくちびるを這った。

「初めてのときよりもキツいんじゃないか？　フランセット、あなたの体はほんとうにいやらしいね」

「ち、が……ッ！　ひ、ぁああっ」

ひといきに奥までつらぬかれる。さらした喉に歯をゆるく立てられながら、くちびるのなかへ指が差しこまれていく。

「ん、ぅん……っ」

わななく舌をつかまれてぬるぬると扱かれる。口の端からあふれでた唾液を、喉もとから這いあがってきたメルヴィンの舌になめとられていく。

下肢の奥では熱いかたまりが抽挿をくり返していた。落ちかかるまでひかれ、膣壁をじっくりとなめるように押しこまれたのち、つきあたりをえぐられる。

びくんと大きく体がはねた。そのはずみで口もとから彼の指が離れ、けれどフランセットはそれを追って手を伸ばした。

「ッ、あ、殿下、殿下ぁ……っ。わたし、また」

「イってフランセット、何度でも」

フランセットの手をつかんで座面に縫いとめる。メルヴィンは、情欲に濡れきった瞳でフランセットを見下ろした。

ぐっと腰を押しこまれる。固く張りつめた先端が子宮の底にこすりつけられる。たえようもない愉悦にフランセットは涙をこぼしてあえいだ。

いまにも弾けてしまいそうな情欲で蜜孔をぐちゃぐちゃと貪り、それからフランセットのくちびるをメルヴィンは奪う。

「やっと手に入れた」

口づけのあいまに、熱をおびた声でささやかれる。

「あなたはもう僕のものだ。この先になにがあっても、僕はあなたを離さない」

麻薬のような快楽に侵された体に、メルヴィンの強い執着がからみついてくるようだった。

メルヴィンが熱情をたたきこむ。目もくらむような快楽に達して、蜜壁がきゅうっとメルヴィンを締めつける。

耳もとでメルヴィンが息をつめる気配がした。最奥にとどまりながら、ふくれあがった情欲を弾けさせる。

どくどくとあふれでる白濁をフランセットは体内で受けとめた。密度の高いまじわりが終わりを告げる。

全身の力が抜けていった。力強く抱きしめてくる両腕を感じながら、フランセットは墜落《ついらく》するように眠りに落ちた。

当初の予定を大幅に超過して、十日後のことである。

迎賓館の前庭に、王太子専用の馬車の準備がととのった旨が侍従から伝えられた。

メルヴィンとともにエントランスへ出ると、アレンが自分の馬に手荷物を積んでいるところだった。

「ま、一日の延長ですむはずがないって予想はしてたけど」

アレンは肩をすくめる。

「にしても十日はなくない？　いくら新婚とはいえ、ご寵愛《ちょうあい》が過ぎるよ王太子殿下」

「ごめんねアレン。でもフランセットを愛《め》でてばかりいたわけじゃなくて、ちゃんと執務もしていたよ。この旅のあいだに連絡事項や書類がたくさんたまっていたからね」

「あー俺《おれ》の苦手なやつだ」

「そうだろうと思っておまえにはまわさなかったよ。そのかわりにフランセットが手伝ってくれたんだ。おかげであらかた終えることができたよ」

「へえ？」

アレンが興味深そうにこちらを見てくる。フランセットは居心地が悪くなった。

「いえ、微力なお手伝いしかできず……。関所内の視察や連絡事項の整理、書類の仕分けをさせていただいた程度です。メルヴィン殿下に質問ばかりしていたので、逆にお手間をとらせてしまいました」

王太子妃をきちんとつとめあげるには、執務内容を把握しておかなければならない。この十日間、フランセットはメモを片手に血まなこで勉強していた。

（とは言うものの、執務のお手伝いばかりをしていたわけではないけれどね……）

新婚夫婦の蜜月《みつげつ》とやらを、時間を問わずみっちりとフランセットは体験させられた。思い出したらつい頬《ほお》が熱くなってしまうので、せきばらいをして自分をごまかした。しかしアレンは訳知り顔でうなずいている。

「はいはい、なるほどね。ま、熱心なのはいいことじゃない？　朝から晩まで妃《きさき》のおつとめごくろうさま、フランセット。がんばりすぎて体壊さないようにね」

朝から晩までとわざわざつけ加えてくるあたり、アレンは性格が悪いと思う。

フランセットは半《なか》ばやけくそで答えた。

「いえ、ふしぎなことにあまり疲れていないのです。ご指摘のとおり朝から晩まで妃のつとめに励んでおりましたが、ごらんのとおり元気そのものです」

慣れない視察の際に大勢のいかつい軍人に囲まれ緊張しても、難解な連絡事項を前に頭痛をきたしても、昼夜問わずメルヴィンに押し倒されても、なぜかフランセットは疲れていなかった。

新婚ゆえに睡眠時間が圧倒的に足りないにもかかわらず、眠たくなったり体がだるくなったりもしない。

アレンは目を丸くしたあと、くすくす笑った。

「なんだ、知らないの？　フランセットが疲れないのは当然だよ。メルヴィンがいるんだもん。寝ているあいだにメルヴィンに治癒《ちゆ》魔法をかけてもらってるんだよ」

「え？」

フランセットはまばたきをした。治癒魔法とは、けがや病気をたちどころに治すことのできる奇跡の力のことを指す。

しかしながら、そのような魔法は実在しないというのが通説だ。大昔、神山の頂上に住まう賢人のみがあやつれたというおとぎ話が残っているだけである。

魔法を使うことのできるごくわずかの人間は、ほとんどが軍事用の武器として魔法を使う。

つまり魔法は、槍《やり》や火薬のかわりにはなるけれど包帯や薬草のかわりにはならないのだ。

（その力を、メルヴィン殿下が？）

ほうけるフランセットに気づいたからか、アレンはメルヴィンに目をむけた。

「兄さん、フランセットに治癒魔法のこと言ってなかったの？」

「そういえば言うのを忘れていたかもしれないな」

メルヴィンは首をかしげた。フランセットはおそるおそる尋ねる。

「治癒魔法って、けがや病気をたちどころに治すことのできる神のような力のことであっていますか？　その力をメルヴィン殿下がお使いになると……？」

「うんそうだよ。フランセットが疲れてしまわないように、あなたが眠っているときにかけていたんだ」

メルヴィンは事もなげに言う。フランセットはひきつづきぼう然としてしまった。

アレンは、フランセットに同調するようにうなずく。

「まあ驚くよね。魔法使いはもともと世界に百人いるかどうかっていう少なさだし、そのなかでも治癒魔法が使えるのはメルヴィンだけだしね」

「殿下おひとりだけ？」

「だからこそ、メルヴィンは絶対的な王太子なんだよ」

大げさだなぁと言いながら、メルヴィンはくすくす笑っている。

フランセットはやっと己をとり戻し、改めてメルヴィンを見あげた。

「殿下。わたしはこの十日間、殿下のお仕事を拝見してとても感銘をうけておりました」

「そうなの？　うれしいな」

「生まれながらの王太子とでもいいましょうか。大勢の軍人や文官を前にしてお言葉を述べられるときの威厳あるお姿に、フランセットは幾度も感動いたしました」

「ありがとう、フランセット」

「書類仕事は迅速《じんそく》かつ正確に、部下への指示はシンプルかつわかりやすく、見習わなければならないこともたくさんあります」

「フランセットはまじめだね」

「これほどご立派な殿下なのに、さらに治癒魔法という伝説のお力をお持ちになっているなんて！」

未知の力を前にフランセットはいつになく興奮してしまった。メルヴィンはほほ笑みつつ、フランセットのくちびるに人さし指を押しあてる。

「でもフランセット。この力のことは、ほかの者には言わないでほしいんだ」

「えっ、なぜですか？」

大きく喧伝《けんでん》すれば、その力によって人々を救うことができるのはもちろんのことだが、加えてメルヴィンのカリスマ性をより高めることができる。国を治める上で有用であることはまちがいないだろう。

「僕が手がけるのは統治であって、宗教ではないからね」

言われて、フランセットは胸をつかれた。

「それにこの力を過大評価されると困ってしまうんだ。軽いかぜなら治せるけど、重篤《じゅうとく》な症状は治せない。かすり傷なら治せるけれど、重傷はむりだ。だからそんなに有効的な力でもないんだよ。あれば便利というだけ」

となりでアレンがうなずいた。

「重病も重傷もなんだって治せる奇跡の王太子っつーふれこみで、メルヴィンのところに人の波が国内外から押しよせても困るでしょ」

その光景を想像して、フランセットは自分の浅慮《せんりょ》をすぐさま後悔した。

「申し訳ありません、至らぬことを申しあげました」

「謝らないで、フランセット。実際に便利は便利なんだよ。だって、昼も夜もなく抱かれたのにフランセットは疲れていないでしょう？」

弟の前だというのに、フランセットの腰をメルヴィンは抱きよせた。フランセットはぎょっとする。

「ち、ちょっと殿下」

「だからね、フランセット。めったなことでは疲れないんだ、この僕も」

耳もとでささやかれたその言葉に、フランセットの動きがとまった。

「……疲れない？」

「だからフランセットを欲求不満にさせることにはならないから、安心しておいで」

かわいらしい笑顔とともに、ひたいにキスが落ちる。その意味を考えてフランセットは顔を青くさせ、そしてアレンからは「ご愁傷《しゅうしょう》さま」と哀れみの声をかけられたのであった。


フランセットとメルヴィンを乗せて、馬車は関所から出発した。次の目的地はメルヴィンの領地にある彼所有の邸宅である。

（ほんとうに都へ直行しなくてもいいのかしら）

関所から持ちだしてきた税法書を読みながら、揺れる馬車のなかでフランセットは考える。

婚姻をむすんだのだから、一刻も早く王宮に入って国王と王妃にあいさつをしなければならないはずだ。それなのに都へむかおうとする様子がメルヴィンにはまるでない。

このことについてフランセットは最近まで気を揉《も》んでいたが、メルヴィンがこんな調子なのでまあいいかと思うようになってきていた。

（立派な王太子妃になるための準備期間が増えたと思えばいいんだわ）

よけいなことを考えずに勉強しよう。フランセットは書物にふたたび没頭する。

（たくさん知識をつけて、殿下をお支えできるようにならなくては）

「馬車のなかでも勉強するの？」

苦笑まじりにメルヴィンが声をかけてきた。

フランセットは、文字を追いながらうなずく。

「王太子妃なのですからこれくらいは当然です」

「……そう」

メルヴィンがふいに黙ったから、フランセットは顔をあげた。

目があうとメルヴィンはかすかに笑う。彼は表情が豊かだから、感情の揺らぎがわかりやすい。

フランセットは本をとじた。

「わたしの認識不足だったら申し訳ありませんが、ウィールライト王国では女性が執務をとる慣習がないのですか？」

「そんなことないよ。いろんな王妃さまがいらっしゃったよ。国王陛下顔負けの辣腕《らつわん》をふるった王妃さまもいたし、お茶会や舞踏会をひらくことに熱心なお方もいた。お心の弱かった王妃さまは表舞台にいっさい出てこず、宮の奥に生涯《しょうがい》隠されていたとも聞く。つまり、すべてはその方のご気性次第だ」

ならばフランセットがメルヴィンを支えようとすることになんの問題もないはずだ。ということは、彼の憂いには別の理由があるのかもしれない。

（いったいどんな理由なのかしら。こればかりは殿下の表情を見ていてもわからないわよね……）

フランセットがメルヴィンをじっと見つめていると、彼は困ったようにほほ笑んだ。

（もしかしたら、わたしのことを心配なさっているのかしら）

メルヴィンは、フランセットが王太子妃のつとめをきちんと果たせるかどうかを心配しているのかもしれない。気合いばかりがカラまわりしている自覚はフランセットにもあった。

（だめだわ。わたしは殿下をお支えしなければならないのに）

彼より五つも年上で、名も知れぬような小国の王女で、それでもメルヴィンに望まれた。

(わたしができることに全力でとりくまなくちゃ)

「メルヴィン殿下、大丈夫ですからね?」

フランセットは、メルヴィンのほうへ身を乗りだした。びっくりしたようにメルヴィンはまばたきをする。

「心配なさらなくても大丈夫です。わたしは昔から、コツコツと確実に課題をこなしていくタイプなのです。いまはうまくできなくても、しばらくお時間をいただければ殿下をお助けできるような妃にきっとなりますから」

カリスマ性や威光の面ではメルヴィンより当然見劣りするだろう。これは持って生まれたものが大きいからどうしようもない。

それでも、死ぬ気で勉強すれば内務を手伝えるようにはなれるはずだ。ロジェ王国で身につけた執務能力が役に立つこともあるかもしれない。

妃という立場なので、夜会や慈善事業などを主催することもあるだろう。貴族間の複雑な人間関係を把握して、たずなを握ることも必要になってくる。

一筋縄ではいかないことばかりだが、周囲からアドバイスを——とくに先達《せんだつ》である王妃からの助言を——あおぎ、力のかぎりつとめればやってやれないことはない。

「だからご心配なさらないでください。殿下は、殿下のすべきことだけをお考えください。わたしが殿下をきっとお支えしますから」

メルヴィンはびっくりしたような表情のまま聞いていたが、やがて目もとをゆるめた。

「それはちがうよフランセット。僕は、妃のつとめをあなたが果たせるかどうかを心配しているわけじゃない。むしろ充分すぎるほどつとめてくれるだろうと思っているんだ」

その言葉はとてもうれしかった。だからこそフランセットは重ねて尋ねる。

「では、どうしてそのように心配そうなお顔をなさるのですか？」

するとメルヴィンはまた、困ったようにほほ笑んだ。

「うーん……。口に出すのはよくないような気がするからやめておくよ」

「とんでもなく気になるのですが」

「フランセットも知っているように、僕は、理性とがまんがきくタイプなんだけど」

「……。あ、はい」

「それでもやっぱり口にすると、あなたに僕の言うことをきかせたくなってしまうからやめておくよ」

メルヴィンはさわやかに笑いながら「ごめんね」などと言っている。

フランセットは気になってしかたがない。けれど、メルヴィンの人心掌握《しょうあく》力というか、自分のいいように人の心を自然に持っていく力は相当のものだ。「言うことをきかせたくなる」と彼が思えば、それがどんなにフランセットがいやだと感じることでも最後まで拒絶できる自信はない。

（ほれた弱み……というだけでもないわよね、絶対）

あの飄々《ひょうひょう》としたアレン王子ですら、メルヴィンには逆らえないようなのである。

（それでも夫婦としてやっていくのなら、まちがったことを夫がしようとしたら正すための努力をしなければならないわ）

メルヴィンに安易に流されないようにしなければならない。自分をしっかり律しようとフランセットは決意を新たにした。


メルヴィンの屋敷は関所からそう遠くない場所にあった。たどりついたのは翌日の夕方で、空が赤く染まり始めた時分である。

田園を抜けて、大きな街を通りすぎ、馬車は巨大な門楼《もんろう》の前に出た。守衛が敬礼し、鉄の門を重々しくひらいていく。

「何百年も前に建てられた屋敷だから造りが古いんだ。この大げさな門楼も、シンプルで実用的なものに建て替えたいんだけどね。歴史的価値がどうのって侍従たちが言うから」

門のむこうには美しい庭園がひろがっていた。

ゆるく起伏した芝生《しばふ》に曲がりくねった馬車道が敷かれている。馬車道は途中で枝わかれして、庭のさまざまな場所へ通じているようだった。

圧倒されつつ、馬車の窓からフランセットは庭園を眺めた。

「実家の敷地がすっぽり入ってしまうほどのお庭です」

「僕ですら足を踏み入れたことのない場所もあるくらいだよ。ひろいだけで不便だよ。非効率的だから庭も狭くしたいんだけど、園丁《えんてい》の仕事を奪うことにもなるからそれはあきらめてる」

巨大な三階建ての館《やかた》が奥のほうにそびえていた。左右に両腕を伸ばすかたちでどっしりとしている。

「あれが僕たちの家だよ。しばらくはここに住もう」

「しばらくとはいつまでですか。殿下の宮が都にはあるのでしょう？　王太子であればそちらのほうに居を置くのがふつうなのでは？」

領地運営は官吏《かんり》に任せ、次代の王であるメルヴィンは都で王の執政を補佐するべきだ。そしてなにより、フランセットは国王と王妃に一日も早く拝謁をしなければならない。

「あなたはまじめだなぁ。いいじゃない、もうしばらくゆっくりすれば」

「でも」

「僕がいいと言っているんだよ、フランセット」

メルヴィンの瞳《ひとみ》の色が、ほんのわずか深くなった。それだけで、フランセットは声をとめなければならなかった。

(くやしい、けれど――)

笑顔で丸めこもうとしてくるときはまだいいのだ。最終的に丸めこまれてしまうのだが、なんとなく自分の意思で彼に従ったという気分になる。

けれど、いまのようなときはだめだ。二の句を継げない。こちらの意見が断ちきられる。

そういう力がメルヴィンにはある。

(かんたんに流されないようにしようと決めたばかりなのに)

フランセットが眉《まゆ》をよせてうつむくと、メルヴィンの気配がふいにやわらいだ。

「屋敷の前に着いたよ、フランセット」

いつのまにか馬車の揺れがやんでいる。外から侍従の声がして扉がひらかれた。

夕焼けの色が箱内に差しこんで、メルヴィンの黒髪をやわらかく染める。彼は右手を差しだした。

「なかに入ろうか。あなたが部屋を気に入ってくれるといいんだけど」

あてがわれた部屋に足を一歩踏み入れて、フランセットはぼう然とした。女性なら一度はあこがれるような空間がそこにひろがっていたからである。

ローズピンクの壁紙にはステンシルの花柄模様が入れられている。カーテンも花柄で、地の色はクリームイエローだ。

よせ木造りの床に置かれたテーブルは優美な曲線をえがいていて、皮のソファには厚いつめ物がなされていた。半円形に張りだしたバルコニーの窓からは、夕焼けに染まる庭園が一望できる。

かわいらしさと上品さが絶妙に溶けあった室内に、フランセットが否を唱えられるはずもない。これがあまりにもかわいすぎたりするとひけ目を感じたりするのだが、その点この部屋はバランスがとれている。

「すてきなお部屋……」

フランセットの反応にメルヴィンは満足したようだった。「お茶でも飲みながら休憩しようか」とソファへうながされたときである。

「ご歓談中失礼。メルヴィン、客だよ」

ひらきっぱなしだった扉を律儀《りちぎ》にたたいてアレンが声をかけてきた。メルヴィンは首をかしげる。

「こんな時間に？」

「国王陛下からの使者だ。追い返せない相手だよ」

「ああ、エスターかな」

メルヴィンの表情がやわらかくなった。客の名を聞いて、フランセットは緊張してしまう。

エスター。ウィールライト王国、第二王子の名だ。メルヴィンのすぐ下の弟である。

そんな大物が使者として訪れたということは、おそらく重要な用事があるのだろう。

「すぐに戻るからフランセットはここで休んで――」

「殿下」

フランセットはメルヴィンをまっすぐに見あげた。さっきのようには流されないという思いをこめて。

「わたしもいっしょに行かせてください。エスター殿下にごあいさつがしたいのです」

「あいさつなんて気にしなくてもいいよ。いますぐに会わなくちゃいけないというわけでもないし」

「夫の弟御なのですからそういうわけにもいかないでしょう。メルヴィン殿下はご家族にわたしを会わせたくないのですか？」

メルヴィンが顔をこわばらせたのを、フランセットは見逃《みのが》さなかった。

じつは、この可能性についてフランセットは道中ずっと考えていた。

理由はわからないが、メルヴィンは、国王らとフランセットをひき会わせたくないのではないだろうか。

（もしかしたらこの結婚に、国王陛下は賛成していらっしゃらないのかもしれないわ）

フランセットは年上かつ小国の王女だ。超大国の宝であるメルヴィンの結婚相手としてふさわしいとは自分でも思わない。

だからこそ、メルヴィンの家族が反対していてもふしぎではないと思う。

(アレン殿下にだけはどうして会わせてもらえているのかという疑問はあるけれど)

ただ単に、アレンはメルヴィンのいちばんのお気に入りというだけなのかもしれない。

フランセットが考えをめぐらせているあいだ中、メルヴィンは視線を泳がせていた。

「うーん、でも、フランセットにとってはつまらない話になるかもしれないよ」

「かまいません、行かせてください」

低い声でつめよる。メルヴィンは困っていたようだったが、最後には折れるかたちで同行を許してくれた。

(エスター殿下がわたしを認めていらっしゃらないようだったら、認めていただくようにがんばるわ)

フランセットは気合いを入れた。


応接間にはアレンもついてきた。エスターの弟でもあるから、アレンが同席してもふしぎではない。

応接間の扉をメルヴィンがあける。すると、ひとりの青年が椅子《いす》から立ちあがった。

髪と瞳の色は兄弟そろって皆おなじだ。顔立ちは、メルヴィンとエスターがより似かよっているように見える。このふたりは貴公子然とした甘い顔立ちをしているが、アレンにはどことなく野性的な印象があった。

なんにせよ、エスター・ウィールライトが超がつくほどの美形であることにかわりはない。彼は肩下まで髪を伸ばし、それを右耳の下あたりでひとつにまとめている。ソフトグレーのフロックコートをまとう姿は紳士として洗練されていた。

弟を目にとめて、メルヴィンはうれしそうに口をひらく。

「久しぶりだねエスター。元気にしていた？」

「ああ、もちろんだよメルヴィン」

やわらかく答えてエスターはほほ笑む。その笑顔がメルヴィンにそっくりだったのでフランセットは驚いた。

やっぱりアレンよりもエスターのほうが、メルヴィンによく似ている。

「兄上も元気そうでなによりだ。前よりも生き生きしているようにも見える。十四年間こがれつづけた初恋の姫君をやっと手に入れることができたからかな」

エスターは、きざな言いまわしをしながら腕を組んだ。それだけのしぐさがひどく優雅だ。エスターには、メルヴィンやアレンよりも宮廷人らしさがただよっている。

ウィールライトの王子全員がメルヴィンとアレンのような型破りだったら王宮の人たちはさぞかしたいへんだろうと思っていた。けれど、王子らしい王子もちゃんと存在するようだ。

フランセットは、安堵《あんど》の息をつきつつドレスをつまんで礼をとった。

「お初にお目にかかります、エスター殿下。わたくしはフランセットと申します」

「こちらこそ初めまして。メルヴィンの不肖《ふしょう》の弟、エスターと申します。ああなるほど、話には聞いていたけれど、たしかに美しい奥方だな。メルヴィンが花を毎日贈るだけのことはある。早朝に長男が庭に出てその日の花を選ぶ光景は、我が家の名物でね。切り花のままだと途中で枯れてしまうから、士ごと持っていって直前でていねいに包ませてから、あなたのもとに届けたそうだよ」

「め、名物……」

フランセットは顔を赤くした。たしかにメルヴィンなら、家人に隠れてこっそりと花をつみに行くようなことはしないだろう。

エスターはくすくすと笑う。

「十年以上前からあなたはウィールライト家の有名人だ。我らが長男の心を射とめたのだからね。だから父上と母上は、あなたに早く会いたいとおおせになっている」

フランセットは恥ずかしさに身を縮めていたが、最後の言葉にハッと姿勢をただした。

「申し訳ありません。陛下のもとへすぐにごあいさつにうかがわなければならないのに、長々と旅をしてしまって――」

エスターがここを訪ねてきた理由がわかった。

早く王宮に戻ってこいという王の伝言を届けに来たのだ。

ウィールライト国王はフランセットに会いたがっている。しかし、メルヴィンは会わせたくないと思っているようだ。

ということは、「この結婚は認められない」と国王はフランセットに言いわたすつもりなのかもしれない。

(それでもいいわ。望むところよ)

フランセットにはやる気がみなぎっている。

メルヴィンと想いが通じあう前は、こういうことから逃げたくてしかたなかったというのに、恋心とはおそろしいものだと思う。

一方で、国王の伝達者であるエスターはおだやかにほほ笑んだ。

「いや、奥方のせいではないから謝らないでくれないか。戦犯がだれかなのかはちゃんとわかっているからね」

『戦犯』の対象であろうメルヴィンは、気にするふうもなく告げた。

「そんなことはいいから、とりあえず座ろうか」

国王からの伝言を『そんなこと』で片づけて、メルヴィンは皆をソファへうながした。

ふたり掛けにフランセットとメルヴィンが座り、弟ふたりはテーブルの両脇《わき》を挟むかたちでひとり掛けの椅子に腰を落ちつける。そこへ、紅茶と焼き菓子をメイドらが運んできた。

「お、うまそう」

アレンは、クランベリービスケットをつまんで口のなかに放《ほう》った。王族らしいとはとても言えない三男坊に対し、注意をうながす兄はいないようだ。

優雅なしぐさでエスターはティーカップを持ちあげ、長い脚を組んだ。

「メルヴィンならそう言うと思っていたけれどね。でもここは素直に、明日にでも王宮へむかったほうがいいと思うよ」

「ちゃんと戻るよ。でも明日はどうかな」

メルヴィンはそう言って、紅茶を口に含んだ。

(そういえば、王宮へいつ入るのかを聞いたことがなかったわ)

これから何ヶ月もここに滞在するようなことは、ないと思いたいが。

エスターはティーカップをソーサーに置いた。彼の視線がフランセットにむけられる。

「失礼を承知で申しあげると、兄上の奥方は発展途上国の王女であらせられる。その上五つも年長とくれば、臣民らは奥方を、その歳《とし》までだれからも選ばれなかった女性だと判断するだろう。よくも悪くも我が国は実力主義。ほかの者たちにあなた自身がみくびられてもおかしくはない。そうなる前に国王陛下のうしろ盾をしっかりと得ておいたほうがいいと、俺は思うけれどね」

自分の弱みを、ここまではっきりと指摘されたのは初めてだ。

フランセットは眉をよせて沈黙した。しかし、動揺する時間があったら、エスターにきちんと反論したほうがいいだろう。

フランセットが口をひらきかけたとき、音を立ててアレンがティーカップをソーサーに置いた。

「ちょっと待った。兄貴たち、このへんで話題かえない？　エスターもさ、ひさしぶりに会ったんだからもうすこし楽しい話をしようぜ。ほら、このビスケットうまいよ」

アレンが焼き菓子をつまんでテーブル越しにエスターへ差しだした。エスターは「どうも」と言ってそれを口のなかに放りこむ。

「ほんとうだ、うまいな。これを焼いた菓子職人のように、すばらしい妃にフランセットがなれるといいのだがね。現状、それはむずかしいだろう。夫のとなりにただ座って、まるできれいなだけの人形のようだ。これでは権力を欲する親族たちからねらい撃ちにされかねない。とくに我らの叔父上はたいへんやっかいな御仁でね。俺たち兄弟につきまとい、あわよくば自分の娘をだれかに嫁がせようと画策しているご様子だ」

フランセットはぎょっとする。一方でアレンは、頭痛を覚えたようにひたいを押さえた。

「エスター、あんた捨て身すぎ」

「兄上もどうぞ。きっとあなたの好きな味だ」

エスターが、新しいビスケットをメルヴィンに差しだした。メルヴィンは顔をしかめながら、「いらない」とそれを手で押しやる。

「困った弟だ。叔父上はまったく脅威ではないし、僕は、王宮に戻らないとはひとことも言っていない。ただもうすこし時間が欲しいと——」

「よろしいですか、エスター殿下」

フランセットが静かな声で割りこんだ。メルヴィンにかぶせるかたちになってしまったが、これ以上黙っているのは限界だった。

三兄弟の視線が一斉にこちらをむく。けれど怖《お》じけづいてなどいられなかった。

「殿下のおっしゃるとおり、わたしは弱小国の王女でした。一見すると、そのような身分の女はメルヴィン殿下にふさわしくないかもしれません」

「そこは認めるの？」

エスターがくすりと笑う。フランセットはほほ笑みをむけた。

「ええ、事実ですので。けれど、見かたを一度かえてみてください。そうすれば、大国の権力者には、弱小国出身の妻がもっともふさわしいことがおわかりになるはずです」

「それはなぜ？」

「あとくされがないからです」

フランセットはさらりと言った。興味をひかれたようにエスターは目でつづきをうながしてくる。

「大国同士の婚姻はときとしてやっかいです。妻の実家の声が大きいと夫にとって面倒なことになりかねない。これは、平民でも王族でもかわりない真理です」

「なるほど。たしかに夫にとって、家庭内に容赦なく踏みこんでくる妻側の親類はやっかいなものだな」

「そうでしょう？　その点わたしの生国は小さいので、あれこれ口を出される心配はありません」

「つまり、夫側がわがままを通しやすくなるということかな。けれどそれでは、あなた自身が苦労するのではないのかい？」

「わたしは大丈夫です。こう見えてしっかりしているのですよ。なにしろメルヴィン殿下より五つも年上ですから」

フランセットはにこりと笑った。

「なるほどね。ふふ、おもしろい」

エスターが脚を組み直しながらティーカップを手にとる。フランセットもひとつ息をついて紅茶を口に含んだ。

「あーまったく」

それまで息を殺すようにしていたアレンがおおげさにため息をつく。それで場の空気がいっきにゆるんだ。

「エスターはさ、ブラコンのくせに捨て身すぎなんだって。あとからメルヴィンに指導をくらっても知らないからな」

「たいせつな兄上の妻になる女性だ。すこしくらい様子を見させてもらってもいいだろう？　それに

しても、フランセットはたいした度胸の持ち主だ。悪くない。いや、かなりいい」

「そりゃそうだよ、ダメダメな妃だったら、やめとけって俺がメルヴィンにとっくに言ってるって。ぶっ殺されるの覚悟でね」

どうやらフランセットは、エスターに妃の適正を試されたらしい。

どう反応していいかわからないでいると、フランセットの腰にメルヴィンの腕がからんだ。ぽすんと抱きよせられて、声が降ってくる。

「まったく僕の奥さんは、きれいでかわいくて賢いだなんて。ほかの男が誘惑されてしまわないか心配だな……」

「でたよノロケ。今回の行程で何回あてられたことか。明日から代わってよエスター」

アレンのぼやきにフランセットの頬が熱くなる。

「め、メルヴィンさま。エスター殿下たちの前でおやめください」

「気にしなくていいよ。ほんとうにあの子ときたら」

憮然《ぶぜん》とした声とともに、頭の上にキスまで落ちる。

「ほんとうに悪い子だな。僕のたいせつな妻を試すなんて」

「試されたのはたしかに気分がよくないですが、それより早く離してください」

ちなみにキスは論外である。

エスターは、笑いを噛み殺すようにして言った。

「申し訳なかったね、フランセット。メルヴィンの妃はじゃじゃ馬姫だとアレンから事前に聞いていたから、どの程度なのか興味があったんだ。けれど、メルヴィンのご寵妃《ちょうひ》が相手だとさすがにあとがこわいな」

「じゃじゃ馬姫？」

フランセットは、非難の目をアレンにむけた。メルヴィンが離してくれないので、横目でにらむようになってしまう。

しかしアレンは悪びれもしない様子だ。

「あーちがうちがう。俺はド根性妻って言っただけ」

「わたしの痛々しさばかりが伝わってくるあだ名ですね！」

ウィールライトの王子はクセのある者ばかりだ。エスターだけはまともそうだという考えは、改めておいたほうがいいだろう。


弟たちをまじえての晩餐《ばんさん》を終え、男性陣より先にフランセットは正餐《せいさん》室をあとにした。彼らはこれからアルコールを手に歓談の時間に入る。メルヴィンはお酒に弱いようなので、もしかしたらコーヒーにするのかもしれない。

（エスター殿下は明日の昼前に発《た》れるということだから、寝室やご出立の準備をしておかないと）

家令や家政婦に指示を出し、すべてをよいようにととのえる。それから湯を使って体をきれいにし、フランセットは寝室でやっと落ちつくことができた。

銀製の蝋燭《ろうそく》立てのあかりが揺らめいている。それを頼りに書物をめくっていると、メルヴィンが戻ってきた。まだスーツ姿だ。

本をとじて、フランセットはベッドから下りた。

「お早いですね、殿下。夜通し楽しまれるかと思っていました」

「エスターとアレンは一定時間いっしょにいるとけんかし始めるんだ。だから適度にきりあげるのがいちばんなんだよ」

「そうなんですか？　まあ、兄弟はそのようなものかもしれないですね」

そのとき、メルヴィンの笑顔にふと影が差した。

「大丈夫だった？」

「なにがです？」

「エスターの言っていたこと、気にしているんじゃないかと思って」

メルヴィンの手がフランセットの頬を包んだ。彼の体温にフランセットはどきりとする。

「いえ……予想していたご意見でしたから、大丈夫です」

黒水晶の瞳に蝋燭の光が照り映《は》えている。メルヴィンはほほ笑んだ。

「むりはしないで。それだけ、約束して」

「はい」

メルヴィンは、たいせつなものを見つめるようなまなざしを惜しみなくむけてくる。恥ずかしくなってしまって、フランセットは話をそらした。

「わたしのほうこそ、エスター殿下に対して失礼な物言いはなかったでしょうか」

「まさか。もっとたくさん責めてやってもよかったくらいだ。だから、かわりに僕がさっきしかっておいたよ」

「殿下のお説教はなんだかこわそうですね」

「そう？　でもどなったりはしないよ」

メルヴィンはおだやかに笑う。

このひとの声が好きだとフランセットはふいに感じた。

声も。笑顔も、まなざしも、瞳の色も。

「わたし、立派な妃になれるよう、精いっぱい努《つと》めますね」

彼の頬へ指先を無意識に伸ばしていた。なめらかな肌にふれると、メルヴィンがその手をゆるくつかむ。

「いまのままでもフランセットは充分立派な妃だよ」

ほほ笑みながら贈られた賛辞に、体が熱くなるほどフランセットはうれしくなった。

「ありがとうございます。がんばりますね」

「うん」

フランセットの手にメルヴィンは軽くキスを落とした。

幸福感に包まれながら彼を見つめると、その瞳がわずかに翳《かげ》っているように見える。

（まだ心配をなさっているのかしら）

メルヴィンに負担をかけないようにがんばろう。フランセットはそう思った。


しかしその翌日、都へ戻るエスターを送りだしたのちに、鬱々《うつうつ》とした気分をフランセットは抱えるはめになった。

メルヴィンは、地主との会合のために朝からサロンへ出かけ、アレンは街へ遊びに行ってしまった。

だからエスターの見送りに出たのはフランセットだけだった。

ひんやりとした玄関ホールで、フランセットはもう一度息をつく。憂鬱《ゆううつ》の原因は、去りぎわにエスターに告げられたことだった。

『メルヴィンは、あなたを王太子宮の奥に囲って、外にずっと出したくないのだそうだよ』

目を見開くフランセットに、エスターは軽く笑った。

『あなたはそこで、なに不自由なく幸せに暮らすことができるだろう。宮の奥に出入りできるのはメルヴィンから許しを得た者たちだけだ。気に入りの女官に囲まれて、ひいきの商人からドレスや宝石を買って、一歩も外に出ることなくね。そんなことできやしないと思うかい？　できるんだよ、ウィールライト王国の王太子なら』

それはおそらくフランセットを守るためだろう。

ウィールライト王国の宮廷は自由な気風だと聞いている。昨日のエスターのように、口さがなくフランセットにものを言ってくる者はいくらでもいるにちがいない。

フランセットが「殿下を支えられるような立派な妃になりたい」と理想を語るたび、メルヴィンの表情が翳る理由がわかった。

彼はフランセットを政治の場に出したくないのだ。

『けれどメルヴィンは、あなたを閉じこめてしまいそうな自分をなによりもおそれているようだ。なぜだと思う？』

おとなしく宮の奥に隠されている妃の姿は、フランセットの理想とかけ離れている。それをメルヴィンは知っているからだろう。

「そんなにわたしは、頼りなく見えるのかしら」

階段の手すりに片手を置きながら、フランセットは苦笑した。

人目から隠して守らなければならないほど弱く見えるのだろうか。

立派な妃だと褒めてくれたのは、ただの世辞だったのか。

(それとも別の理由があるのかしら)

フランセットは複雑な思いで階段をのぼる。ひとりで考えていたってわからない。このことについてメルヴィンと話をする必要があるだろう。


夜遅くにメルヴィンが帰ってきた。「ただいま、フランセット」と玄関ホールで抱きよせられると、彼から土と太陽の匂《にお》いがした。どうやら馬に乗って出かけたようだ。

「お疲れさまです、メルヴィン殿下」

「僕よりもフランセットのほうが疲れたんじゃない？　家令から聞いたよ。使用人にてきぱきと指示を出して、屋敷をととのえていてくれたんだってね」

執事にフロックコートを預けて、メルヴィンはフランセットを自室にうながした。

「家政婦からハウスメイドにいたるまで、みんなの身がひきしまったとも言っていたよ」

「屋敷をとりしきるのは女主人の仕事ですから。今日届いたお手紙は書斎にまとめておきました」

「ありがとう」

自室の扉をしめながら、メルヴィンはフランセットの頬にキスをする。

「まだお風呂《ふろ》に入っていないみたいだけど、夕食は？」

「もうすませました。殿下は晩餐会だとお聞きしていましたので」

「留守番をさせてしまってごめんね。今度はあなたも連れていくよ」

フランセットの髪にメルヴィンは頬をよせる。小さなため息がそこにふれた。

「お疲れですね、メルヴィンさま。早めにお湯をお使いください。おやすみの準備はもうできていますから」

「僕はタフだからね、疲れているわけじゃないんだ」

「あの……では、短い時間でかまいませんので、お話をさせていただいてよろしいですか？」

メルヴィンは、すこしだけ体を離してフランセットを見下ろした。

「いいよ、なに？」

「わたしはそんなに頼りないですか？」

ストレートすぎるかと思ったが、遠回しに聞いてもはぐらかされるだけだろう。

「わたしは王太子宮に押し込められるのはいやです。だからもうすこし信用してくださらないでしょうか。悪口を言われて落ちこむほどわたしは繊細でもありません。逆に燃えるタイプです。殿下より五年長く生きていますから、それなりの処世術も持ちあわせているつもりです」

メルヴィンはびっくりしたような表情になった。それからすぐに顔をしかめる。

「エスターだな。ほんとうに困った子だ」

「情報のでどころはお気にならず。わたし自身、殿下の態度に違和感を覚えていたことは事実ですから」

「フランセットのことは、これ以上ないほど信用しているよ」

「それならばお考えを改めてくださいますか？」

「改めるもなにも……。ああそうだフランセット、いっしょにお風呂に入ろうか」

「ん!?」

話の飛躍にフランセットはついていけなかった。メルヴィンの腕が体にまわり、かんたんに抱きあげられてしまう。そのまま廊下に出て浴室へ連れていかれた。

美しいタイル張りの室内は湯気でくもっている。楕円形の曲線をえがく浴槽《よくそう》は琺瑯《ほうろう》で作られていて、金色の猫脚に支えられていた。

「で、殿下っ」

「もうすこし大きい浴槽を作らせようかな。ああ、ドレスを脱ぐのに侍女を呼んだほうがいい？」

「いえ、先ほど簡素なものに着替えたのでとくには……、って、殿下！」

胸下きり替えのシンプルなドレスをするりと腰までひき下ろされた。やわらかな布製の胸あてまで脱がされて、ふたつのふくらみがふるりとこぼれでる。

「やっ……いけません、殿下」

むきだしの肌に熱い湯気がふれる。

メルヴィンはフランセットを立たせ、ドレスを足下まで落とした。さらに、ひざ上までを覆うドロワーズもとりはらってしまう。

とっさに両腕で体を隠そうとしたけれど、両手首をメルヴィンにつかまれてしまった。

フランセットの白い肌が恥ずかしさに上気する。

「お、お風呂はひとりでゆっくり入るものです。それにいまは大事なお話をしていた最中でしょう」

メルヴィンの顔が見られない。必死に訴えたが、返ってきたのは見当ちがいの言葉だった。

「ああ、やっぱりきれいだな、フランセットは」

フランセットの両手首を、メルヴィンは片手でつかみなおして壁に押しつける。感嘆するように告げながら、輪郭の曲線をてのひらでなで下ろした。フランセットの体がびくんとふるえる。

メルヴィンの体温はいつも、フランセットよりすこしだけ高い。ふれられるとぞくぞくして、甘いしびれがひろがっていくのだ。

メルヴィンは自身のタイをゆるめながら、もう片方の腕でフランセットを抱きよせた。

くちびるを奪われて、深く舌を差し入れられる。フランセットのそれにきつくからめられ、吸いだされて甘く噛《か》まれた。

「うん……っ」

頭のなかまでかきまわされてしまったように、意識が朦朧《もうろう》としてくる。

メルヴィンの仕立てのいい服が、無造作にタイルへ落とされる音が聞こえる。熱い素肌とたくましく鍛えられた両腕のなかに、抱きしめられた。

口づけが深い。からみあうふたつの吐息が薄くあけた目に映るようだった。

やがてキスがほどかれて、胸の奥に抱きこまれる。彼のくちびるが耳によせられ、上の部分を甘く噛まれた。

「あんまりきれいで、優しく抱かないと壊してしまいそうだ」

情欲にかすれた声が耳にふれて、下肢が甘くふるえた。

メルヴィンの手がいとしげに背中をなで下ろしていく。彼の手のかたち、その固さまで、フランセットの肌は記憶している。

「たいせつにするから、このまま抱いても？」

彼の胸板にフランセットは顔をうずめた。メルヴィンの手が小ぶりのお尻《しり》を味わっている。いやらしいことをされている、そう思うだけで官能の熾火《おきび》があおられる。

長い指がお尻から両脚のあいだをたどっていく。閉じた陰唇《いんしん》をゆっくりと押しひらくようになでられた。

甘い快楽が波紋のようにひろがっていく。

「ツあ、ん……」

「濡《ぬ》れてるね」

耳によせられたままのくちびるが、弧をえがいたのがわかった。

羞恥《しゅうち》で頬が熱を持つ。それなのに、体内からにじみでる蜜《みつ》の量が増えたような気がした。

「ほら。いやらしくて、きれいな体だ」

指先でぬめりを塗りひろげるような動きがくり返されている。襞《ひだ》を浅くかきわけられ、花びらをじっくりと愛でられた。

ぞくぞくとした愉悦が背すじを這《は》いあがってきて、フランセットの脚から力が抜けていく。そのとき、熟《う》れかけた粒を指の腹で押しこまれた。

「あ、ぁああっ、や、だめ……っ」

「だめならここでやめようか」

崩れる体を片腕で抱きとめられる。メルヴィンの優しい声音は、残酷さをはらんでいるようにも聞こえた。フランセットは無意識に首をふっていた。

興奮にふくれる尖《とが》りを執拗《しつよう》にぬるぬるといじられている。意思に反して体がびくびくとふるえた。

「あ……！　メルヴィン、さま、そこばかり……っ、やぁ」

「がまんしないで。イかせてあげる」

二本の指でつままれ、こすりあわされる。

毒のような快楽に侵されてフランセットの視界が明滅した。達しかけたとき、別の指が深々と奥へ差しこまれる。

「――ッ」

メルヴィンのたくましい腕をつかんだ。つめを立ててしまったかもしれない。

みだらな水音を立てながら長い指が出し入れされる。達したばかりの体が細かくあえぐ。

いつのまにか指が増やされていた。湯気の立ちこめる室内に、自分の声が反響している。寝室にいるときよりも生々しく聞こえた。甘くて、すがるようで、彼の言うとおりいやらしい。

けれどメルヴィンは、こんなにもみだらなフランセットをかわいいと言う。

「あなたのなかはあたたかくてぬるぬるしていて、こうして指でふれているだけで気持ちがいいよ」

蜜襞のざらついたところをこすり立てられ、むきだしにされた尖りを押しつぶされる。体がはねて、また達した。

「ア……、だめ、もう……っ」

三本の指が体内でうごめいている。それを、快楽にあえぐ淫壁《いん》が締めつけている。彼のてのひらはあふれる蜜で、ひどく濡れているのではないだろうか。

自分の力でフランセットはすでに立てていなかった。腰にまわった力強い腕と、なかから押しあげてくる彼の指に支えられていた。

くちびるを貪《むさぼ》られる。ぬるついた舌にあらゆるところを蹂躙《じゅうりん》される。

「ん、ん……っ、ふ、ぁ、あ」

「ああ、甘いな。あなたの口のなかが、いちばん甘い」

くちびるの端からこぼれた唾液《だえき》をなめとられ、激しい口づけをまた与えられる。犯されつづける膣《ちつ》からはぐちゅぐちゅとみだらな音がこぼれつづけ、フランセットは小さな絶頂を何度も迎えさせられていた。

気持ちいいと、それだけしか考えられなくなる。視界だけでなく、頭のなかも水中に沈んだようにあいまいになっていく。

複数の指がうごめく体内、そのもっと奥がきゅっとしまった。

そこに彼が欲しい。

押しひろげて、つらぬいて、いちばん奥をついてほしい。

「つ、あ、ん……っ、もう、メルヴィンさま、もう、くださ……」

腰を抱く腕に力がこもる。

「お、ねが……、挿《い》れて、ください」

「そんな目をして」

目尻《めじり》からこぼれた涙を彼の舌になめとられた。その熱さにぞくりとする。

くちびるが離れていってメルヴィンの瞳が見えた。漆黒のそれは獣性の光をおびて、フランセットだけを映している。

指を埋められたまま、親指の腹で尖りをなでられた。びくりとフランセットの体がはねる。

「あ、ア……！」

のけぞった視界の端に、メルヴィンの赤い舌が自身のくちびるをなめたのが映る。

「まだあげられないよ。湯に入らないと、体が冷えてしまうでしょう？」

彼の指が、とりすがる襞をふりきって抜きとられた。その無慈悲な瞬間にさえ愉悦を感じてしまう。だからこそ体内の空隙《くうげき》がフランセットをせつなくあえがせた。

「や、いや、メルヴィンさま」

涙をこぼしながら首をふる。彼のくちびるが髪に押しあてられ、体が浮いた。メルヴィンに横抱きにされたまま浴槽のなかに下ろされる。

ほてりきった体には湯がぬるく感じた。揺れる水面に肌をなでられるだけで感じてしまう。

大きなてのひらがフランセットの頬をなで、熱のこもった視線が肌をたどっていった。

「濡れているあなたはずるいな」

くちびるの端でメルヴィンは笑んだ。フランセットを背中から包むようにして、湯船に身を沈める。

なみなみとしたお湯が浴槽から流れでていく。ひとりで入るときにはひろく感じていたが、いまは窮屈《きゅうくつ》なくらいだ。

「っあ、も、だめ……っ」

うしろからまわっていた両手がフランセットの胸をつかんだ。いやらしく揉みこまれ、指で先端をこすられる。胸は一度もふれられていなかったのに、色づく先端はすでにぴんと勃《た》ちあがっていた。半ばまで湯に沈んだ乳房から水滴がすべり落ちて、メルヴィンの指のあいだに染みていく。彼のくちびるがフランセットの髪に押しあてられて、情欲にかすれた声でささやかれた。

「こんなに固くして。胸もさわってほしかった？」

「そ、んなこと……っ、ぁあ、っ」

固く凝《しこ》った乳首をきゅっときつくつままれたのち、指の腹でじっくりとなでまわされる。ビリっとした刺激がまろやかな甘みにすこしずつかわっていく。

「ひぁ……っ、あ、ぁあん……ッ」

メルヴィンのてのひらによって自在にかたちをかえる双丘がひどくいやらしい。熱い吐息をはらむ声は、抑えようとしてもくちびるからあふれていく。

みだらな自分から逃げたくて浴槽の床を蹴《け》った。けれど、しっかりと抱えこまれているせいで動けない。

水面が大きく揺らめく。

「危ないからむりに動こうとしないで。僕に身を任せていて」

ひどく優しい声だった。

湯気が立ちこめている。フランセットの意識が朦朧としていく。

ふたつの先端をつままれた。乳房ごとひきあげられれば、彼の指からつるりと逃げ落ちる。その刺激にフランセットは喉《のど》をふるわせた。

愛撫《あいぶ》をもらえない下肢がせつなく疼《うず》く。

「や、ア、ああ……っ」

胸全体をなだめるように優しくこねられる。

耳朶《みみたぶ》に、メルヴィンのくちびるがふれた。笑みのかたちをしているように思えた。

「あなたの胸はクリームのようにやわらかいね。こうしていると、僕の指が沈みこんでしまう」

みだらに揉みしだかれながら、指の腹で先端をなでさすられる。あまりの気持ちよさに全身がしびれた。

「あ、ん、ん……っ」

それでも、ほんとうに欲しい場所には与えてくれない。

胸への愛撫だけで小さく達しても、下腹に熱くわだかまる焦燥感はあおられるばかりだ。

「ぁ、や、もう……、ひあっ！」

首すじに熱い舌が這う。ふたつの赤い先端をコリコリと揉まれて、また達してしまいそうになる。

なかに欲しいのに。

このままでは苦しいほどの快楽が折り重なっていくばかりだ。

(わざと、くれない)

じらされている。

「や、ッあ……っ！　メルヴィンさま……！」

たくましい胸板に頬を押しつけて彼にねだる。無意識に自分の腰が揺れて、そうしたらお尻のあたりに硬く張りつめたものがこすれた。

興奮している。

彼も。

そう思うと、体の奥がざわりと疼いた。メルヴィンが小さく笑いをこぼすのが聞こえる。耳朶に甘く歯を立てられて、肩がびくんとふるえた。熱い舌で耳朶をくるむように、ぬるぬると愛撫される。

「ア、ああ……っ、だめ、だめ……っ」

「妃の役目は夫を癒《いや》すことだよ」

片方の胸から離れたてのひらが、ふとももの上をじっくりと這う。

「ひ、う……っ」

「ねえ、フランセット。あなたはこうして僕にかわいがられること以外、なにもしなくていいんだ」

熱に濡れた低いささやきが、耳に直接そそぎこまれる。

「なにもしないで。ただ僕の腕のなかだけにいて。あなたの望むものすべてをあげる」

ドレスも、宝石も、きれいな宮も、美しい庭園も、お気に入りの友人も。

彼の甘いささやきがフランセットの鼓膜に響く。

(なにもしない、だなんて)

そんなことはできない。お人形のような妃にはなりたくない。

フランセットが首を横にふろうとしたときだった。ふとももを愛でていたてのひらに細腰をつかまれた。

腰を浮かされて、ゆっくりと落とされる。硬くたぎった屹立《きつりつ》が、陰唇を割って体内に押しこまれていく。

「あ、あぁぁっ」

待ちこがれていた感触に、フランセットはぞくぞくと身をふるわせた。指の先まで凶悪な快楽に侵される。

ねもとまでずぶずぶと埋められた直後に、強くつきあげられた。

「ッあ、や、待っ……っ、ひぁあっ」

「欲しいと言ったり、待てと言ったり、フランセットはわがままだね」

断続的に揺すられ、湯に濡れた長い髪が水面を乱す。

ただ気持ちいいという感覚だけに体内が塗りつぶされていく。

「ア、ひぅ、ああ……！」

「っ、ほら、フランセット。気持ちいいでしょう？　こうしてあなたをずっと抱いていてあげる」

「メルヴィン、さま、は」

酸素を求めてフランセットはあえいだ。

「わたしを、心配、しておられるのですね。っ、だから、人前に……出なくていい、と」

平気なのに。

メルヴィンの支えになれるなら、それだけでうれしいし、がんばれるのに。

背後で彼が笑った気がした。乳房をつかむ手に体を押さえられて、最奥をえぐられる。

自分の体のほうが湯よりも熱くなってしまったかのような錯覚にフランセットは陥った。胸にまわされた彼の腕を、すがるように抱きしめる。

「あ、ァ……っ！」

「あなたのなかの僕はとても優しいんだね」

「や、ぁあっ、深……！」

　お湯がはねる。子宮の底をぐちゅぐちゅとなぶられて、うねるような快楽に頭がおかしくなりそうだった。

　珐瑯の床をかかとがすべる。まだ達《い》きたくない。

「っも、だめ……！」

「どうしてがまんするの？　イっていいんだよ」

「だ……って、殿下が、まだ」

　胸を愛でるメルヴィンの手に、自身のそれを重ねる。息を乱しながら訴えた。

　いっしょがいい。

「もう、これ以上、ひとりでイきたくな……っ」

　メルヴィンの手が、フランセットのそれと重なったまま素肌をすべり落ちた。下腹のみだらなつなぎ目を指でなぞられて、フランセットの喉がふるえる。

「ひあ、あ……っ！」

「あなたのそういうところは、とてもかわいいと思うよ」

　男の欲望をくわえ込まされている陰唇を、指先でめくられる。みだらに色づいた粘膜を、ゆっくりとなでられた。

　ぞくぞくした快楽が体を走り抜けていく。フランセットの両脚に意思に反して力がこもった。

「や……、いやぁ、殿下……っ」

「っでも、かわいいことを言うのは、僕に抱かれているときだけでいい。僕だけが知っていればそれでいい」

熱い吐息が耳朶にふれる。そこにくちびるを押しあてられた。

それだけで、なかが締まる。彼のかたちがまざまざと焼きつけられる。

「髪のひとすじだってさらしたくない」

押し殺したような声だった。

「全部僕のものだ。そうでしょう?」

フランセットはゆっくりと目を見開いた。このときだけは快楽を忘れた。

なにかを言わなければと思うのに言葉が出てこない。思考がまとまる前に、なかを小刻みに揺すられた。

「待っ……、殿下、話を、しないと」

「こらえ性がなくてごめんね。でも安心して。なにも本気でそうしようと思っているわけじゃないんだ」

メルヴィンの指がするりとなぞりあがって、ぱんぱんに張りつめた尖りにかかる。フランセットは息を呑《の》んだ。

「だめ、殿下……っ」

「これは僕のただの願望だよ。あなたの意に沿わないのは知ってる。だから気にしないで」

「それは、ずるい――、ぁん……っ!」

尖りの輪郭をえぐるようにして、指の腹で押しだされる。別の指で表面を丸くなぞられたのち、ゆっくりと押しつぶされた。

熱をはらんだ快楽に体内が溶け崩れる。足先に力がこもり、自身にからみつく彼の腕にフランセットはすがった。

「つあ、あああっ！」

隘路《あいろ》を激しくつらぬかれ、水面が大きくはねる。視界が白くはじけて思考が断ちきられた。達したばかりの奥へ何度もうがたれ、揺すりあげられて、外側の粒をぬるぬると扱《しご》かれる。おかしくなってしまうくらいに気持ちがよかった。フランセットの体内にはその感覚しかもう残っていなかった。

メルヴィンの熱い吐息がうなじにふれる。

彼は身を小さくふるわせて、それからふたたび息をついた。

「……フランセット」

うなじにくちびるが押しあてられる。その皮膚をなめられながら、すこしずつ律動がやんでいった。

「でん、か……」

力の抜けた体をくったりとあずけると、胸の奥に深く抱きしめられた。湯のなかにあって、メルヴィンの体温はひどく高い。

「僕をとめるのはあなただよ、フランセット。あなたのまっすぐなまなざしが、僕をとめてくれるんだ」

優しい声だった。けれど、彼の言葉はゆがみを内包しているように感じられた。

フランセットはぎこちなく首をふる。体の感覚がまだ戻ってきていない。

「やっぱり……メルヴィンさまは、ずるい、です」

「だってフランセットが聞いてきたんだよ」

湯にひろがるフランセットの髪を掬《すく》って、メルヴィンは愛でるようにくちびるを押しあてた。

「ほんとうは、言うつもりなんてなかったんだ」

かすれたささやきが耳にふれて、フランセットは小さく身じろぎした。そのとき体内の熱がこすれて、メルヴィンをくわえこんだままだということに気づく。

フランセットは恥ずかしさでいっきに我にかえった。

「で、殿下。あの、もう抜いてください」

「でも、今日みたいに大の男にもまっすぐに立ちむかっていくフランセットを見ていると、モヤモヤするんだ。フランセットを蔑《さげす》まれたくないし、逆に感心したような目でも見られたくない。悪口だけじゃなく褒め言葉も含めて、どんな声もかけられたくない。そうするためには、宮の奥にフランセットを隠しておくほかないでしょう？」

「ちょっと待ってください。なんですかそれは。ほかの人たちからわたしがつらくあたられるのを、心配してくださっていたのではないのですか。それじゃあただのやきもちではないですか」

「うん」

メルヴィンはうれしそうな声で言った。背中から抱きしめられているので、彼の表情は見えない。

「そう、ただのやきもち。ごめんね」

「いいえ、あの……なんとお答えしていいか。とりあえず落ちつかないので、抜いていただけませんか」

「こういう御しがたい感情は初めてだ。けれど楽しんでもいるんだよ。だって全部がフランセットにむかう想いでしょう？　ああもちろん心配もしているよ。だれからもあなたを傷つけられたくないもの」

嫉妬《しっと》心を楽しめるなんて相当に図太い。メルヴィンの心臓は鋼でできているにちがいない。

フランセットには彼にいろいろと言いたいことがあった。しかし、いまはそれどころではなかった。

「大きくなっていませんか⁉」

「恥ずかしがり屋さんなのにそのストレートな物言い。最高にかわいいよフランセット」

「むりです、今日はもうむり！」

「どうして？　ベッドの上で今夜はまだ愛しあってないよ」

「ご自分がいま、どういう抱きかたをしたと……！」

「疲れたなら僕が回復させてあげるから」

「体力ではなく、精神力の問題です」

メルヴィンの体からあたたかいなにかが流れこんできた。蓄積した疲れがゆるゆるとほどかれていく。

これはまずい展開だ。フランセットは青くなった。

「僕の嫉妬をフランセットも楽しんで」

「楽しめません」

「好きな人からやきもちをやかれるとうれしいものじゃないの？　僕はうれしいけどな」

メルヴィンは、フランセットの髪にキスを落とした。

「あなたといっしょにいられて僕は幸せだよ」

「ええ、ええ、わたしも幸せです、幸せですけれど……！」

それでもメルヴィンが、フランセットの意志を尊重してくれたのはうれしかった。

『やきもちを楽しんで』という言葉の裏側には、『僕の思いは気にしないでいいから、フランセットは自由にしていて』という真意があるのだとわかったからだ。

「じゃあそろそろベッドに行こうか」

メルヴィンは上機嫌の様子である。

五つも年下だからこんなに元気なのか、それとも生来の気質なのか。フランセットにはさっぱりわからない。

(とりあえず、総合的に見れば幸せなんだから、まあいいか)

ベッドに運ばれながら、あきらめまじりにフランセットはそう思うことにした。

この屋敷で寝起きするようになって二週間が過ぎた。

今日はいよいよ首都にある王宮へむけて出立する日だ。

「これくらい待たせればもう大丈夫かなと思って」

事もなげにメルヴィンは言う。

「『国王陛下からの再三のお呼び出しに応じず、寵妃《ちょうひ》と領地にこもりっぱなし』。そういううわさがひろまりきったころだと思うからね。フランセットに僕が盲目で、あなたに関することはたとえ国王の命令であっても従わないっていうイメージがつくでしょう？」

「そのうわさを立てることに利点なんてないような気がするのですが。むしろ、殿下の好感度を下げることになりませんか？」

「色事に関してはまじめすぎるよりもねじが多少ゆるんでいるほうが人間味が出ていいんだよ。もちろん一途な方向にね。だってあなたは僕の初恋だもの」

「殿下の初恋……？」

フランセットは疑いの目をむけた。

（たしかに愛情深くはあるけれど。とんでもなくたいせつにしてくださっているけれど）

これが初恋にしては、女性の扱いに長《た》けすぎてはいないだろうか。

（大国の王太子さまなのだから、たくさんの女性に言いよられていたとは思うけれど……）

権力と美貌《びぼう》に恵まれた男性が性欲を満たす機会などいくらでもある。侍女へのお手つきから夜会の火遊び、高級娼館《しょうかん》への出入りなどなど。

（わたしは殿下の妻なのだから、過去のこまかい行いは気にしないけれど！）

メルヴィンは小さく笑った。フランセットに手を差しだす。

「さあ、馬車へ。王宮にむかおう」


小高い丘の上に屹立《きつりつ》する石組みの巨大な王宮は、ウィールライト王国の質実剛健《しつじつごうけん》さを表しているようだった。

よぶんな装飾を必要としない、そっけないほどの外観からは、むしろ国力の強さを実感させられる。門の前から都を見下ろせば、赤や橙《だいだい》の屋根がずらりとならび、舗装された道を馬や人々が行き交っている。都は活気にあふれているようだ。

「この宮には、国王陛下と王妃殿下がお住まいになっているんだ。僕らの王太子宮は、王宮の庭を挟んだ東側にあるよ。あいさつが終わったらそちらに移ろう」

メルヴィンとともに、やる気に満ちあふれながら謁見の間へフランセットは足を踏み入れた。

（エスター殿下のときのように、面とむかって苦言を呈されても堂々と受け流してみせるわ）

玉座に座すメルヴィンの父親は、さすが超大国の国王だけあって威厳に満ちていた。一方で王妃は、物静かな目つきでフランセットの挙動を逐一チェックしているようだった。

フランセットは気圧《けお》されそうになりながらも、凛《りん》とした態度で謁見に臨んだ。

いつ口撃されるかと身構えていたが、玉座から短い労《ねぎら》いの言葉をかけられたのち「息子を頼んだ」とだけ言われて、謁見は終了してしまう。

(これで終わり?)

じつにあっけない。

フランセットは肩すかしをくった気分で謁見の間から退出する。

「あれだけなの? もっといろいろ言われるかと思ったのに」

釈然としないでいると、となりにずっといたメルヴィンが笑った。

「あれでいいんだよ。大丈夫」

「そうでしょうか。陛下と王妃殿下はあまり表情がおかわりにならないから、なにを考えていらっしゃるのかわからなかったわ」

長男の嫁を悪く見るでもなく、歓迎するでもなく、顔あわせをこなしただけという印象がある。

(なんだか……この結婚にまるきり無関心とでもいうような……)

ウィールライト王族の親子関係は希薄なのだろうか? メルヴィンたちの兄弟仲はとてもいいのに、どうしてだろう。

「メルヴィン殿下。国王陛下や王妃殿下は、いつもあのような感じなのですか?」

「うーんそうだね、今日は緊張ぎみだったかもしれないな」

「なるほど、緊張。だから逆に淡泊な感じでいらっしゃったのかしら……」

「さあ、そろそろ僕らの宮に移ろうか」

フランセットは、メルヴィンとともにふたたび馬車に乗りこんだ。

大庭園の馬車道を進み、やがて見えてきたのは華麗な透かし彫りがほどこされた鉄扉である。ととのえられた庭園の奥に、やわらかなクリーム色をした宮殿が現れる。美しいかたちをした外階段は純白だった。

「すてき。かわいらしい宮殿ですね」

「うん。ここは一時期母上が——王妃殿下がお住まいになっていたところだよ。それを僕がゆずり受けたんだ」

「王妃殿下が、ですか？　では、そのあいだは国王陛下もここに住まわれていたのですか？」

「いや、さっきの王宮に住んでいたよ」

フランセットは首をかしげた。

ふつう、夫婦はおなじ宮殿に住むものではないのだろうか。けれど、経済的に余裕のあるウィールライト王家なら、国王が王妃に宮殿をプレゼントすることもあるのかもしれない。

王妃の趣向らしく、内装も女性的だった。淡いクリームベージュの壁には金色の装飾が施され、天井には空色を基調とした絵がえがかれている。そこから美麗なシャンデリアが下がり、陽光を受けてきらめいていた。

「明日から行事が目白押しだから、今日はここでゆっくりすごそう」

「はあ……。あんまり豪華すぎて落ちつけそうにないのですが」

しかしこの夜、豪奢《ごうしゃ》な寝台の上でメルヴィンに何度も愛されて、フランセットは別の意味でゆっくりできなかった。赤い天鵞絨《ビロード》のカーテンの内側で、濃密な空気のなか、ぐったりと沈みこむように眠った。

そして朝。起きたら体の疲れがとれてすっきりとしていた。

これはいつものことである。眠っているあいだにメルヴィンが治癒《ちゆ》魔法をかけてくれているのだ。

「さあ、朝食をとったらドレスに着替えて会食だ。ごく近い身内へのお披露目だよ。気のいい人たちばかりだけど、陛下の弟――つまり僕の叔父上だけはすこしいじわるでね。彼の性格はみんな知っているから、いやみを言われても気にしないで」

「はい、わかりました」

ネグリジェをととのえつつ寝台から下りて、フランセットは窓の外を見た。

裏庭のむこう側に背の高い塔がぽつんと建っている。女性的な宮殿のなかにおいて、どこか陰鬱《いんうつ》なたたずまいの建物だ。

「あれは物見ですか？」

「うん、そうだよ。でもいまは使われていないんだ。さあ、朝食室へ行こうか」

メルヴィンに手をひかれ、フランセットはとくに疑問もなく従った。


メルヴィンの言っていたとおり、叔父であるハイラル公ウォーレンは非常に性格が悪かった。

「これはこれはお美しい妃殿下だ。その美貌を長持ちさせることをおすすめしよう。容色の衰えは殿下のご興味を失う要因になりますからな。ええと、妃殿下のご出身はロシュ……ロドだったかな？豊かではない小国の、それも年上の王女を娶《めと》られるとは、我が国の王太子殿下はさすが懐が深くていらっしゃいますな、はっはっは」

昼間のガーデンパーティーでよかったと、フランセットはつくづく思った。さわやかな陽光が、ひきつった笑顔をいくぶんかマシにしてくれるような気がする。

お疲れ義姉上、とアレンがいたずらっぽい目で声をかけてきた。

「叔父上は、自分の娘をメルヴィンに嫁がせたがってたんだ。でもメルヴィンはフランセットと結婚しちゃったから、王太子の義父になるという野望がついえてショックを隠しきれないんだよ」

たしかにウォーレンは権勢欲がすこぶる強そうだ。フランセットはため息をついた。

「否《いや》が応《おう》でもこれから権力争いに巻きこまれていくんですね」

「むずかしく考えなくても、全部メルヴィンに任せておけばいいよ」

「そうはいきません。殿下の負担にならないようにしなければいけませんから」

「精神論だけでは解決できないことも多いからね。メルヴィンは特別だから、メルヴィンにしかできないことがたくさんある。だから任せちゃえばいいよ」

特別。

その言葉にフランセットは眉《まゆ》をよせた。

「アレン殿下はそうやって、メルヴィン殿下をいつも頼っていらっしゃるんですか？」

「なんで俺《おれ》に矛先がむくの」

くすくす笑いながらアレンはグラスをかたむける。

「ま、兄貴に頭があがらないのはたしかだね。俺が王族としてここにいられるのも、メルヴィンのおかげだから」

「どういうことです？」

「さあ？」

悪びれもせずにそう返して、ほかの親族の輪へアレンは行ってしまった。

（以前に問題を起こして勘当されかけたところを、メルヴィン殿下に助けてもらったのかしら）

あの気ままな三男坊ならありえそうな話だ。

その後フランセットは、次々に声をかけてくる親族へのあいさつに忙殺されたので、このことについて深く考えることをしなかった。


そのまま一ヶ月が無事に過ぎた。

叔父のハイラル公が非常にうっとうしいことを除けば、フランセットはおおむねうまくやっていた。

（今日は、お昼すぎにご婦人たちとお茶会で、夜には王妃殿下主催の舞踏会があって）

明朝には、都の中央公園で乗馬の会がある。

「妃《きさき》の仕事というか、ほとんどが人脈作りばかりね。最初のうちはしょうがないけれど」

貴族から送られてきた手紙の束をライティングデスクに置いて、フランセットはため息をつく。これらの手紙の内容は、礼状と次の集まりへの誘いばかりだ。

ウィールライト王国の貴族たちはみな、開放的な気質をしている。遠慮がないので、王太子妃であるフランセットを相手にしても恐縮したりしない。その分、短期間で距離が縮まりやすいのも特徴だった。

（そういう国民性のほうがわたしは好きだわ）

フランセットはウィールライト王国に親しみを持ち始めていた。今日はお茶会があり、この一ヶ月で急速に親しくなった同年代の貴婦人たちとひとつのテーブルを囲んで、フランセットはおしゃべりを楽しんでいた。

場所は王太子宮の中庭で、芝生《しばふ》に春の陽光が降りそそいでいる。流行のドレスのデザインだとか、人気急上昇中の恋愛小説などの話題に花が咲く。もちろん現実の恋愛話も彼女らの大好物だ。

先日の舞踏会で、とある伯爵家のご令嬢が社交界で大人気の貴公子と見つめあっていたという情報を、仲間のひとりが打ち明けた。

「通りすぎたときに会話が耳に入ったのですが、おふたりで連れ立って今度蛍《ほたる》を見に行かれるそうですよ！」

皆はとたんに目を輝かせる。

「まあ、夜にデートだなんて、もうご婚約も秒読みね。いまは春蛍《はるぼたる》がとてもきれいに見ることのできるころあいですもの。そこで求婚されるのかしら？」

「うらやましいわ、あの殿方はとってもすてきな男性なんですもの」

うなずきあい、それからおもむろに、夫人のひとりがうっとりとした表情になった。

「それでも王子殿下たちの魅力にはやっぱりかなわないですよね。エスター殿下やアレン殿下のかっこよさといったら、もう！」

「我が国いちばんの貴公子、メルヴィン殿下を射とめられた最高にうらやましいお方は、こちらにいらっしゃるし？」

友人たちはからかうようにフランセットに目をむける。彼女らには、メルヴィンとフランセットの仲のよさをひやかして楽しむという悪癖があった。

（これもメルヴィン殿下がひと目をはばからず頻繁にいちゃいちゃしてくるから……！）

ひやかしに乗ってなるものかと、フランセットはさわやかな笑みを浮かべた。

「ええそうですね。すてきな夫に恵まれて幸せだわ」

「ロジェの王女さまに王太子殿下が入れこんでいるといううわさは有名でしたもの。だからわたくしたち、フランセットさまにお会いしたくてしかたなかったのですよ」

「ふふ、殿下はね、とっても失礼な殿方でしたのよ。わたくしたち宮廷の花を気にもとめずに、頭のなかはロジェの王女さまのことばかり。何人もの女性が殿下を口説き落とそうとしたけれど、やんわり断られてしまいましたの」

「ハイラル公のご令嬢だけは最後までがんばっていらっしゃったけれど、叶《かな》わぬ恋でしたわね。だって、メルヴィン殿下のフランセットさまを見つめる瞳《ひとみ》といったら！」

「ほんとうよね、うらやましいったらないわ！」

友人たちはきゃあきゃあと盛りあがっている。身の置きどころがなくて、フランセットは耳を赤くしてしまった。

「ええと……そろそろ話題をかえません？」

「あらどうして？」

「ここ最近の宮廷の話題といったら、メルヴィン殿下とフランセットさまの一途な恋物語ばかりなのですよ。せっかくなのでご当人からお話をたくさんお聞きしたいですわ」

「い、一途というか……。メルヴィン殿下は女性の扱いに長けていらっしゃるから、おそらく過去にほかのお相手がいたのではないかしら」

頬《ほお》を赤くしながらも、フランセットは情報収集を忘れない。

友人たちは、顔を見あわせて首をかしげた。

「そのようなお話お聞きしたことがないわ。ねえ？」

「ないですわね。エスター殿下とちがってメルヴィン殿下は硬派ですもの」

ほかの友人らもそろってうなずいている。

（バレないようにうまくやっていたのかしら）

メルヴィンの過去にほかの女性がいなかったという可能性を、フランセットは微塵《みじん》も考えなかった。

「ところでフランセットさま。わたくし最近、不穏なうわさを耳にいたしましたの」

友人のひとりが真剣な表情で身を乗りだしてきた。フランセットたちもつられてひたいをよせあう。

「フランセットさまに関わることでしたので、とてもとても心配で」

「まあ、フランセットさまに」

「それはいけないわ。どういうお話でしたの？」

気のいい友人たちは心配そうに眉をよせている。

不穏なうわさの心あたりが、フランセットにはまったくない。

（あのいやみな叔父上が、わたしの悪口をあることないこと言いふらしているのかしら）

しかし友人の口から飛びでたのは、フランセットにとって予想だにしなかった事態であった。

「メルヴィン殿下っ！」

バン！　とメルヴィンの書斎の扉をあけ放って、蒼白《そうはく》のフランセットは夫につめよった。

メルヴィンは執務机で手紙を読んでいるところだったようだ。きょとんとした表情で便せんから目をあげる。

「どうしたの、フランセット？」

「実家の父が殿下にお金を無心しているという話はほんとうですか!?」

机に両手をついて、フランセットはひと息に質問をぶつける。メルヴィンはまばたきをしたあと、

「ああ」と相好を崩した。

「ほんとうだよ。国防のための資金を融通してほしいと、こちらの国王陛下あてに書簡が届いてる。額がすこし多いから僕のところでいったんとめているけれど」

「あのばか親父……！　ではなく、ほんとうにどうしようもない父親です！　申し訳ありませんメルヴィン殿下、この件はわたしに一任していただけませんか？　ロジェはいま安定していますから、たくさんの資金がいるような状態ではないはずなんです。強欲で野心家な父が、それらしい理由を勝手につけてお金を引きだそうとしているだけだと思います。王宮の増築に使われてしまうかもしれません。わたしが説得して、このようなことを二度としないよう言い聞かせますから」

「うーん」

メルヴィンは首をかしげた。それからこちらをうかがうように苦笑する。

「ごめん。フランセットは表に出ないでもらえるかな」

「な、なぜですか!?　実家の不祥事のことで殿下のお手をわずらわせるわけにはまいりません」

「フランセットが出てしまうと、感情論のかけあいになってしまうでしょう？　この程度のことをあなたが気にする必要はないよ。それよりお茶会は楽しかった？」

「この程度のことって」

フランセットは絶句した。気をとり直し、努《つと》めて冷静に言う。

「でも、おいそがしい殿下にお手間をとらせるわけにはいきません」

「ごめんね、ここはこらえて僕に任せてほしい。それとも僕を信頼できない？」

「そのようなことはありません！」

「ありがとう」

メルヴィンはやわらかく笑った。

「さあ、庭の散歩を楽しんでおいで。プリムローズがとてもきれいに咲いているよ。僕は、もうすこし調べものがあるから」


メルヴィンに丸めこまれるかたちでフランセットは書斎を出た。

扉をしめて、ため息をつく。

(なんだかんだでメルヴィン殿下のいいなりになってしまうのだわ)

自分は五つも年上なのに、主導権をぜんぜん握ることができない。握りたいと思っているわけではないが、こちらの意見を通してほしいときもある。

実家では、頼りない父やマイペースの母に代わって、フランセットが家庭内をとりしきったり執務をこなしたりしていた。だから、なにもさせてもらえないことに歯がゆさを感じてしまう。

（ウィールライトに来てまだひと月だし……。これからゆっくりと、わたしの気持ちをメルヴィンさまに伝えていけたらいいのだけれど）

うじうじと悩んでいてもしかたがない。

メルヴィンの言うとおり庭園を散歩でもしようかと思い、フランセットは外へ出た。陽光にきらめく芝生を見下ろしながら、エントランスの階段を下り始めたときだ。

「これはこれはフランセット殿下。ごきげんよう」

その声を聞いてフランセットは表情をひきつらせた。

目をやると案の定、いやみな叔父ウォーレンがゆったりとした足取りでこちらへ近づいてくる。

四十代後半に差しかかる彼は、よく手入れされた髭《ひげ》をのんびりとさすった。

「妃殿下におかれましては、優雅に庭園を散歩されるご予定ですか？　お暇そうでうらやましいことですなぁ」

「ええ、夫のおかげで毎日おだやかにすごせていますわ。メルヴィン殿下とめぐり会えて、わたしはほんとうに幸せ者です」

フランセットはなごやかにほほ笑んでみせる。ウォーレンは、フランセットが挑発に乗ってこないことを悟ったのか忌々しげな光を目によぎらせた。

「ほう、それは喜ばしいことですな。社交の場においてもフランセット殿下のご評判はじつによいと聞き及んでおります。ロズ……ロザ王国、だったかな？　名も知れぬような国の王女殿下が、我が国に嫁ぐために必死でマナーをお勉強されたのでしょうなぁ」

「ふふ、お勉強などまったくしておりませんわ。不作法で申し訳ないほどです。ちなみにわたしの生国はロジェ王国です。お見知りおきを」

「おお、それは申し訳ない。ロジェ王国、そう、その小国の王が、我が国へ多額の寄付を求めているという話を小耳に挟んだのだがね。お父上の所行を妃殿下はご存じかな？」

　フランセットは言葉につまったが、表情をかえないことだけには成功した。

「ええ。聞き及んでおります。この件に関してはメルヴィン殿下に一任を――」

「なんと！　ご実家の図々しい行いへの対処を、ご多忙の殿下にお任せするとは！」

　ウォーレンは大げさに反応した。フランセットのこめかみがピクピクとひきつる。

　フランセットを不快にさせることに成功したことを悟ったのか、ウォーレンは生き生きとし始めた。

「いやいや、これはこれは！　ロズ王国とおなじく、フランセット殿下もじつにあつかましいご気性をなさっているようだ！　夫に金を無心する実家をとめようともしないとは、なんともあきれ果てた奥方ですな。おっと失礼、つい本音が出てしまいました。いまの発言は聞かなかったことにしていただきたい」

「いいえ、おかまいなく」

　くやしすぎて、国名のまちがいを正す気も起きない。ウォーレンの言いかたはいやみで腹立たしいが、それでも正論なのだ。

　彼は、我が意を得たりとばかりにニヤリと笑った。

「しかしながらフランセットさまがこの程度ですと、メルヴィン殿下の妻にふさわしかったのはやはり我が娘のほうでしたな。ウィールライト王国一のレディになるべく、高度な教育を幼少のころから受けさせているのでね、娘には卑《いや》しいところがないのですよ。だからこそメルヴィン殿下には、娘を娶っていただきたかったのですが……まったく、とんでもないお荷物を背負われたものだ。女性を見る目がおありでなかったのでしょうな」

フランセットだけでなく、メルヴィンをも貶《おとし》めるような発言である。

(わたしの存在のせいで、殿下が悪く言われてしまっている)

ふるえるようなくやしさにフランセットはくちびるを噛《か》んだ。

ウォーレンは満足げに胸をそらす。

「それではこのあたりで失礼いたします。私はウィールライト国王陛下の弟ですので、それなりにいそがしい身なのですよ。のんきに散歩をする時間などありません。貴女《あなた》とちがってね。ごきげんよう、王太子妃殿下」

「……ごきげんよう、ハイラル公」

フランセットはかろうじてあいさつを返した。

上機嫌の様子で立ち去っていくうしろ姿を見ながら、てのひらを握りこむ。

(どこの国でも、野心家というものは腹立たしいことこの上ないわ……!)

「ああそうだ、フランセット殿下」

ふいにウォーレンがふり返った。まだ言いたいことがあるのかと、目つきがきつくなってしまう。

「ひとつ忠言させていただこう。メルヴィン殿下はじつにすばらしい王太子だが欠点もある。幼少時から殿下を知っているが、あのお方はお父上にそっくりだ」

たしかにメルヴィンは国王に面差《おもざ》しが似ている。

「国王陛下はたいそうな女好きだ。そのせいで一家が崩壊しかけたこともある。つまりメルヴィン殿下は顔だけでなく、女癖の悪さまで陛下に似ている可能性があるのですよ。浮気されないようお気をつけて」

フランセットは、今度ばかりは意思をこめてウォーレンをにらみつけた。ウォーレンは、こちらをばかにするように鼻を鳴らして立ち去っていった。

「なんなのよ、もう！」

あまりの腹立たしさに、自室の長椅子《いす》をフランセットは蹴《け》りつけそうになった。しかし、すんでのところでぐっとこらえる。

「権勢欲にこりかたまった中高年ほど、やっかいなものはないわ！」

自分の父親もウォーレンとおなじ種類の人間だと思うと二重にげんなりする。

フランセットのいら立ちをさらにあおったのは、翌日の昼食会で知らされた友人からの情報だ。

「気がかりなうわさを聞いたのですが、大丈夫ですかフランセットさま」

気遣わしげに眉をよせながら、友人の貴婦人が声をかけてきた。

「ロジェ国王陛下の命を受けて、フランセットさまの弟御が、こちらへ入国するためにお国を発《た》ったとお聞きしたのですが……。なんでも、ウィールライトにお願いしていることを聞いてもらえないから、さらなる交渉のためにご子息をこちらへ遣わしているとのことです」

「リオネルをここに!?」

フランセットは目を見開いた。

(まさか――メルヴィンさまが資金援助を渋っているのを察して、お父さまがリオネルを派遣したというの?)

弟のリオネルは、生意気なほど利発ではあるがまだ八歳だ。金策の名代として立つには幼すぎる。

(お父さまは、幼い息子を使って情に訴える作戦をとるつもりなのかしら)

顔から血の気がひいた。

このうわさが事実だとしたら、いますぐにでも関所にむかってリオネルをとめなければならない。場合によっては、そのままロジェの王宮へ乗りこんで父親をしかりつける必要がある。

(メルヴィン殿下にはご相談できないわ)

前のように「フランセットは表に出ないで」と締めだされるに決まっている。

フランセットはいてもたってもいられなくなり、頭を回転させて一計を案じた。それから、すがるように友人に目をむける。

「リリアーナさま、ひとつお願いがあるのです。わたし、先日のお茶会からずっと、春蛍を見に行きたくてたまらないのです」

「えっ、蛍を?」

「はい。父のことがあり心労がたまっている状態ですので、愛らしいものを見て癒《いや》されたくて……」

「まあ、そのようなご事情がおありなのですね。癒しの時間をすごされることはとてもよろしいと思いますわ」

「ありがとう。でもメルヴィン殿下にご心配をおかけしたくないので、ひとりで出かけたいの。だから今夜、あなたの家の馬車を貸してくださらないかしら？　王太子宮の馬車を使うと殿下に露見してしまうから」

「もちろんですわ。夫と離れてゆっくりする時間が女性には必要ですもの。ちょうど先日、足の速い馬が入りましたので、その馬車をご用意いたしますね」

フランセットは胸をなで下ろした。関所まで一週間ほどの道のりだが、途中の街で馬車を乗りつぎ、昼夜問わず駆ければもっと早く着けるはずだ。

メルヴィンには手紙を書いておけば大丈夫だろう。いや、大丈夫ではないかもしれない。彼の怒りにふれるかもしれないが、いまはそれよりも父親をとめなければならない。

友人の迷惑にならないよう最大限の配慮をしておこうと心に決めて、フランセットはこの夜、関所行きを決行することにした。


メルヴィンはお酒に弱い。

申し訳ないが、その特性を今回利用させてもらった。

寝る前のホットミルクに少量のブランデーを落とす。メルヴィンは、ベッドの上でフランセットを抱きこむようにしたあと、そのまま眠ってしまった。

「ごめんなさい、殿下」

ぐっすり眠り込むメルヴィンにそう告げて、フランセットはベッドから抜けだした。

ひとりでも着られる簡易なドレスに袖《そで》をとおし、ショールを肩にひっかける。テーブルにメルヴィン宛《あ》ての手紙を置いてから、寝室を出た。

中庭を抜けて裏門に着くと、友人の馬車が待ってくれていた。御者は友人宅の使用人だ。

門衛に「蛍を見に行きたいの。殿下にはお伝えしてあるわ」と告げ、小ぶりの箱馬車に乗りこむ。

やがてゆるゆると馬車が走りだした。

（蛍の名所はそこそこの大きさの町だったわね。そこで馬車を乗り換えることにするわ。この御者には、適当に言いつくろって帰ってもらえばいい）

路銀は多めに持ってきている。関所まで行くのに余裕を持って馬車を雇えるはずだ。

（関所に着いたら、リオネルを連れて王太子宮に戻って、抗議のお手紙をお父さまに送りつけなくては）

ロジェの王宮に乗りこむことも考えたが、他国に嫁いだ身でそれをしてはまずいだろうと、フランセットは思い直したのである。

明朝、フランセットの不在に気づいてメルヴィンが追いかけてくるかもしれない。しかしこの馬車は、友人が言っていたとおりずいぶんと脚が速い。追いつかれることはまずないだろう。

細くカーテンを開けてフランセットは外を見た。

ガタガタと揺れる景色《けしき》は夜闇《よやみ》に沈んでいる。民家の明かりがすっかり見えなくなった。未舗装の林道に入ったようだ。

「メルヴィンさまにはものすごく怒られるだろうけれど……」

そんなことよりいまは弟が心配だったし、なんとしてでも父親をとめたかった。メルヴィンからの叱責《しっせき》は覚悟の上だ。

(普段ニコニコしているタイプほど、怒ったときは地獄のようにおそろしいような気がしないでもないけれど)

怒れるメルヴィンを想像したら背すじが寒くなった。そのときである。突然馬が高くいななき、箱馬車が激しく揺れた。

息を呑《の》んで、フランセットは窓枠にすがりつく。

壁のむこう側から野太いどなり声が聞こえてきた。それも複数だ。「御者は動くな」だとか「なかを確認しろ」などと言っている。

(まさか、夜盗……!?)

フランセットは顔色を失った。

ウィールライト王国は治安がしっかりしているから、こういう事態が起こることを予想していなかったのだ。

ふるえる指を握りこんで、冷静になれとフランセットは己に言い聞かせる。

(路銀はたくさんあるから夜盗にそれを渡して、御者も含めて命だけは助けてもらうように交渉して)

この馬車に王太子妃が乗っていることを夜盗は知らないはずだ。ただの金めあてなら助かる可能性はある。

フランセットはカーテンを薄くひらいて外をうかがった。

たいまつの火に浮かびあがるのは黒ずくめの男たちだ。数はおよそ十で、それぞれが剣をたずさえている。

そのなかのひとりが、御者を台からひきずり下ろしたようだった。首根っこをつかまれ地面をひきまわされ、御者が悲鳴をあげているのが見える。

（いけない、すぐ助けに行かないと！）

路銀の入った袋を握りしめ、フランセットが扉をあけようとしたときである。

夜盗が、御者の顔を確認するようにたいまつで照らしてから、大きくうなずいた。

「まちがいない、この馬車だ。なかを調べろ。依頼人からの話によると、王太子妃が乗っているはずだ」

夜盗らの目がいっせいにこちらをむき、フランセットは喉《のど》をふるわせた。

（わたしがここにいることをどうして知っているの？）

馬車を貸してくれた友人が、夜盗とつながっていたのだろうか。いや、そんなことはありえない。

しかし、男たちのねらいがフランセットであるとはっきりした以上、彼らがただの夜盗ではないことは明らかだった。

彼らの発言を鑑《かんが》みると、これは金銭目的の襲撃ではなく、別の人物の指示で動いている可能性がある。

（わたしをじゃまだと思っている人間の指示……？）

フランセットの脳裏にウォーレンの姿がよぎった。その直後だ。

男たちの悲鳴が立てつづけにあがった。暗闇《くらやみ》のなか、もんどり打つようにして地面に転がる彼らの姿が見える。フランセットにはなにが起こったのかわからない。

「注意しろ、矢だ！」

リーダーらしき男がどなった。彼の足もとに数本の矢がするどく突き刺さる。

「く……っ！　急ぎ妃をとらえろ、その後《ご》すみやかに撤退する！」

息をつめてフランセットは窓から身を引いた。

鍵《かぎ》が力任せに壊され扉がひらかれる。黒ずくめの男は、せっぱつまったように両目をギラギラさせて、フランセットの顔を確認したようだった。

「こっちへ来い」

男は、低い声で命じながら太い腕をフランセットへ伸ばしてきた。フランセットは声すらあげられずふるえることしかできない。

男の指がフランセットにふれる直前、彼の首根っこを背後からつかんだ手があった。男を馬車外へひき下ろし、その勢いのまま殴りつけて昏倒させた人物が、扉の枠をつかみながら箱内をのぞきこんでくる。

「けがは？」

息を弾ませながらメルヴィンは短く聞いた。フランセットは声を出すことができなくて、ぎこちなく首をふる。

メルヴィンは安堵《あんど》したように息をついたのち、厳しい表情のまま告げた。

「ここで待っていて。扉をけして開けないように」

たたきつけるように扉がしめられた。剣の鞘《さや》走りの音がフランセットの耳を刺す。

「エスター、御者を保護しろ！」

短い命令と、それに答えるエスターの声が聞こえる。

男たちの怒号と剣戟《けんげき》の音が夜闇をつらぬき、ときおり金色の火花が散った。メルヴィンたちが魔法を使っているのかもしれない。

カーテンをあけて外の様子を確認する余裕もなく、せまい箱のなかでフランセットは縮こまることしかできなかった。

(どうしよう、わたし――)

自分自身を抱きしめる。

ふるえがとまらないのは恐怖のためだけではない。

(わたし、とんでもないことを)

自分の軽率な行動に吐き気さえ覚えた。

「ひ、ひけ！　撤退だ！」

せっぱつまった声が襲撃者側からあがる。逃走していく足音のあいまにメルヴィンの声がするどく響いた。

「逃がすな、アレン！」

「はいはいっ！」

馬のいななきが高く響く。

やがて雑音が消え、そよ風が枝を揺らす小さな音があたりに戻ってきたころ、馬車の扉が静かにひらかれた。

「終わったよ」

メルヴィンは手にたいまつを持っていて、その光が淡い微笑に陰影を落としている。

いつもどおりのおだやかな笑みだった。

「立てる？　フランセット」

「は、い……」

ひざに力をこめてフランセットは立ちあがろうとした。けれどフラついてしまって、メルヴィンに抱きとめられる。

メルヴィンは背後のエスターにたいまつを渡して、フランセットを横抱きにした。馬車から降りながらフランセットに注意をうながす。

「下を見ないほうがいい。ひどい現場にしてしまったからね」

「……はい」

「王太子宮へ戻ろうか。後処理を頼んでもいい、エスター？」

「お任せを」

軽い調子でエスターは返事をする。

フランセットは、メルヴィンの腕のなかでふるえる息を長く吐きだした。彼の服をきつく握りこんでいたのは無意識だった。

メルヴィンは上着も羽織っておらず、シャツ一枚という軽装だった。

（助けに来てくださったんだわ）

ほかの人の気配がしないということは、メルヴィンは、ふたりの弟たちだけを連れてここまで駆けつけてくれたのだろう。

（王太子妃が、ひとりきりで夜中に出かけたということを露見させないように）

フランセットの立場を守るために、あえて信頼できる弟だけを供にしたのだろう。

メルヴィンの馬にフランセットは乗せられた。フランセットをうしろから抱きこむようにして彼はたずなをつかむ。

胸がひどく痛んだ。けれど、泣いてはいけないと思った。

「……申し訳ありませんでした」

謝罪の声はひどくかすれていた。

「落ちないようにちゃんとつかまっていて」

優しい声が耳にふれて、それから馬が夜の林道を走りだした。

このまま王太子宮へ戻り、メルヴィンの自室か書斎へ連れていかれて、彼にしかられるのだとばかり思っていた。けれど、フランセットが連れていかれたのは予想外の場所だった。

寝室から見えていたさみしげな塔。母屋《おもや》から中庭を挟んだところにひっそりと立っている、いまは使われていない物見の塔の最上階だった。


塔に入る直前に見た月は、西にかたむきかけていた。

メルヴィンのあとについてらせん階段を延々と上っていく。「どうぞ」と言われて入った最上階の部屋は、家具類がととのえられ、きれいに清掃もされていた。ひとりのメイドがすでにいて、燭台《しょくだい》に火をともしたあと一礼して出ていった。

「あなたを迎えに行く前に、ここをきれいにしておくよう使用人に伝えておいたんだ」

「ええ、すてきなお部屋だとは思いますが……」

内装や調度品は、宮内にあるフランセットの自室のものと比べても遜色《そんしょく》ない。壁の燭光に浮かびあがる空間は、女性的なやわらかさに満ちている。壁際には、カーテンに囲われたベッドも置いてあった。

けれどフランセットは、陰鬱な閉塞《へいそく》感に部屋全体が支配されているような印象を受けた。

(空の上の孤島みたい)

窓が極端に小さいことも気になった。フランセットの顔ほどの大きさしかない。しかも、窓ガラスははめ殺しのようだ。

メルヴィンはベッドのカーテンをひきあけた。

「座って。治療しよう」

「治療?」

「手首をひねっているみたいだから。さっきからずっと庇《かば》ってるよ」

指摘されてから、じんじんとした痛みにフランセットは気づく。

うながされるままベッドに腰かけると、メルヴィンがとなりに座った。ベッドが沈んでフランセットはどきりとする。

手首をとるメルヴィンの手が冷たい。彼の体温はフランセットよりいつも高かったのに。

「むちゃをするね」

赤く腫《は》れた手首を見下ろしてメルヴィンは言った。淡々とした声だ。

「申し訳ありませんでした。浅慮《せんりょ》な行動でした」

フランセットはふたたび謝罪する。

メルヴィンのくちびるが腫れた手首に落とされた。

「いいんだ。謝らないで」

「でも……あの。助けてくださって、ありがとうございました」

「お礼もいらない」

くちびるがふれたところから、清涼な水のような力が流れこんでくる。じんじんとした痛みがなだめられていって、心地よさがひろがった。

かたちのいいくちびるが軽く肌をすべって、フランセットの肩が小さくはねる。てのひらにキスをして、メルヴィンはくちびるを離した。

手首の赤みはひいていて、痛みもすでにない。

(殿下はほんとうにすごいわ)

感動しながらフランセットは手首を見下ろした。奇跡のような力だ。『メルヴィンは特別だから』

というアレンの言葉が脳裏によみがえる。

「フランセット」

まっすぐに見つめられて、フランセットは我に返った。

「どうしてひとりきりで行こうと思ったの」

「申し訳ありません」

フランセットには謝罪するしかすべがない。夜の林道が危険な場所だということを失念していたのは、フランセットの不用心である。

「謝罪はいらないと言ったよ。僕は知りたいんだ。どうしてあなたが、僕を信頼してくれなかったのか」

「わたしは、殿下のことを信頼しています」

「嘘《うそ》だ」

断定されて、フランセットは息を呑む。

「あのままやつらに連れ去られていたら、あなたは最悪殺されていた。そこまではいかなくても、権力の道具としていいように使われることになっただろう。フランセット・ウィールライトは僕の最大の弱点だ。いまこの国で僕を抑えるということは、国の中枢機能を手に入れることと同義だからね」

「……主犯は、ハイラル公ですか」

フランセットはかすれる声で聞いた。

メルヴィンは小さく笑う。

「教えない。またむちゃされると困るからね」

「今回のことは心から反省しています。このようなことが今後は絶対にないように……殿下の不利にならないように、細心の注意をはらって動くようにします」

「ばかだな、フランセット」

優しい声でメルヴィンは言った。

「あなたが動いて解決できることなんて、この国にはひとつもないんだよ」

フランセットは絶句する。

「王太子という立場の僕が二十年かけてやっと手中にしたもの。それが『権力』だ。フランセットにはまだむりだよ」

まだ、とつけ加えたのは、彼の温情だったのかもしれない。

ぎこちない声でフランセットは訴える。

「でも、リオネルが……弟が、この国にむかっていると聞いたのです。殿下、どうかリオネルと話をさせていただけませんか。それだけをお許しいただければ、あとはどんな処遇でも受けます」

「ああ、そういうことだったんだ。でもその情報は僕のところに入っていない。にせの情報だよ」

フランセットはがく然とした。

「では、父が資金を要求していることも？」

「それはほんとう。フランセットに僕はちゃんと言ったよね」
ギ、とベッドがきしんだ。メルヴィンがフランセットのうしろに手をついたからだ。
間近にある黒水晶の瞳が、燭台の光に照らしだされている。

「この件は僕に一任してほしいって」

「申し訳……ありません」

「目が覚めたとき、あなたがとなりにいなくて僕がどんな思いだったか。門衛から話を聞いて、必死に追いかけて――襲われている馬車を見つけたとき、心臓がとまるかと思うほど怖かったよ」

メルヴィンの瞳が翳《かげ》る。直後、フランセットはベッドに押し倒された。

肩が弾んで、それを片手で押さえつけられる。もう片方の手がフランセットの髪にからんだ。

弧をえがくプラチナブロンドが、彼のきれいな指のあいだを流れている。そこにメルヴィンはくちびるをよせた。

「あなたが僕を信じてくれていたら、こんなことにはならなかったのに」

「わたしは殿下を信頼していないわけでは」

「どうかな」

強い視線に縫いとめられる。それ以上フランセットは言葉を紡げなかった。

指のあいだから髪が落とされて、フランセットの頬にはらはらとかかる。

「あなたはだまされやすい上にむこう見ずだ。僕の言うことをぜんぜん聞かない。あなたがフランセットじゃなかったら、妃という役割から僕はとっくにあなたを降ろしているよ」

「そんな言いかた……！」

「けれど、フランセットは僕のいとしい妻だから」

見下ろしてくる彼の瞳には、暗がりのほかに、愛情がこもっている。

「フランセットを愛しているから、危険な目に遭わせたくないからといって遠ざけることはできない。だから今夜のようなことはもう絶対にしないと約束して。むずかしいことは僕に任せて、あなたは友人たちと楽しくおだやかにすごしていて」

突き刺されるような痛みがフランセットの胸に走る。

それがメルヴィンの望みならばそのとおりに暮らすこともフランセットはできるだろう。

（いろいろなことから目をそらして――夫から与えられるおだやかな世界だけを見つめて暮らすことも、たぶんできる）

けれどそれは、もはや自分ではない。だからこそ、いまここで、よりいっそう自分は冷静にならなければならない。

以前メルヴィンは言ってくれた。「あなたらしくいて」と。

(だからきっと、わたしを押し込めるようなやりかたはメルヴィン殿下の本意ではないわ)

心配が高じてのことなのだ。

真上から見下ろしてくる瞳を見つめながら、フランセットは慎重に言葉を紡ぐ。

「たしかにわたしは、にせの情報に踊らされて軽率な行動をとりました。言い訳をするならば、その原因は、この国の内情に充分に通じていなかったことです。ウィールライトでの生活に慣れてくれば、今回のようなことは起こりません。わたしは普段からかんたんにだまされたりしないし、考えなしの行動をとったりはしないからです」

沈黙しながらメルヴィンはフランセットを見つめている。

フランセットは、まっすぐなまなざしでメルヴィンに告げた。

「もう二度と殿下にご心配をおかけするようなことはしません。約束します。今回のことは骨身にこたえました」

「だから、僕の言うことは聞けない?」

「……殿下のご指示は一方的すぎます。もう少しだけでいいから、わたしのことを——」

「平行線だね。前にも言ったように、フランセットの行動を制限するつもりはないよ。でも、あなたに危害の及ぶ可能性があるなら話は別だ。状況が落ちつくまでは僕の指示に従ってもらう。つまり、しばらくはこの部屋から出ず、おとなしくしていてということだ」

「この部屋——ですか?」

内装が美しいだけの、外界から隔絶されたようなこの部屋に?

顔色をなくしてフランセットは首を振った。

「いやです。こんなところに閉じこめられたら、三日で頭がおかしくなってしまうわ」

「ここがいちばん安全なんだ。過去の事例でそれは証明されている」

「過去の事例……？」

「聞きわけて、フランセット。しばらくのあいだだけだから」

「しばらくとは、いつまでですか」

メルヴィンはほほ笑んだ。

「僕の気がすむまでかな」

喉の奥からくやしさがこみあげてきた。押し殺した声で訴える。

「ご自身はわたしからの信頼を求めるくせに、わたしのことはすこしも信じてくださっていないじゃないですか」

メルヴィンの目が見開かれた。

フランセットは、彼の漆黒の瞳に自分のゆがんだ顔が映っているのを見た。

「殿下はわたしを信じていない。『フランセットは妃の器だ』となおざりに褒めることでごまかして、実際は、ご自分の管理下にわたしを置いて、行動を制限するつもりなんだわ。いっしょに助けあっていこうとは、殿下はすこしも思っていないのでしょう？」

「誤解だよ。僕はあなたが好きだよ。フランセット以上にたいせつなものなんてない。だから、僕の用意した安全な場所でずっと笑っていてほしい。そう思うのはいけないこと？」

それはメルヴィンの本心だろう。彼の真摯《しんし》なまなざしには偽りがない。

フランセットはくちびるを噛んだ。

「それでは籠《かご》の鳥も同然です。わたしにはたえられません」

メルヴィンの端整な面差しが苦しげにゆがむ。

「……僕とは長くつづかないっていうふうに聞こえる」

胸がずきりと痛んだ。

けれど、メルヴィンのほうがより強い痛みを感じているような表情をしている。

「どうして、フランセット。あなたが好きだよ。ずっといっしょにいたいだけなんだ」

「……殿下は。わたしも、殿下とおなじ気持ちだと考えないんですね」

フランセットの喉がふるえた。

「メルヴィン殿下の負担を少しでも減らしたい。殿下の力になりたい。そのようにわたしが思ってはだめなのですか。いまはこの国に来たばかりでなんの力もないけれど、努力して知識と力をつけて、殿下を支えられるようになりたいと思うのはいけないことなのですか。とじこめられてしまえば、学ぶ機会すら失われてしまうわ」

「僕はフランセットに支えられなければならないような男じゃないよ。僕のことは心配しなくていいから、フランセットは自分のことだけを」

「殿下はそうやって、なんでもおひとりで決めて進んでしまうんだわ。王太子に生まれて、希有《けう》な能力に恵まれて、メルヴィン殿下は『特別』だから！」

泣いてはだめだと思った。

けれど、痛みが涙になってこぼれ落ちてしまう。

「こんなのほんとうの夫婦じゃない。わたしに関わることもすべてとりあげられて、一方的に守られるだけなんてほんとうの夫婦じゃないわ……！」

フランセットの両横でシーツがゆがんだ。彼が握りこんだからだ。

「……。なら、教えてよフランセット」

低くうめくような声だった。

「ほんとうの夫婦って？」

苦痛にゆがんだ彼の瞳《め》を見て、フランセットは息を呑む。

負の感情をここまでむきだしにしたメルヴィンを見たのは、これが初めてだった。

「僕には夫婦というものがわからないんだ。僕はただ、あなたを愛しているだけだから」

「わからないって、でも……ご両親をごらんになれば、夫婦がどういうものかということがおわかりになるのでは」

「ねえ、フランセット。この部屋はアレンの母君が暮らしていた場所なんだよ」

突然話題をかえられて、フランセットは面食らう。

(アレン殿下の、母君？)

ひっかかる言いかただ。メルヴィンの雰囲気に気圧されながらも、フランセットは疑問を口にした。

「つまり、王妃殿下のことですか？」

「王妃は僕とエスターの母親だよ。僕らとアレンは母親がちがう」

初耳だった。フランセットは驚愕《きょうがく》する。

「アレンの母君は芸人一座の踊り子だった。王宮で踊りを披露し、父に見初《みそ》められ、一夜の寵《ちょう》を受けた。王妃には内緒でね。彼女はその後、なにごともなかったかのように一座に戻り、各地を旅した。けれど半年後に戻ってきたんだ。大きなお腹《なか》を抱えてね。それから数ヶ月後に生まれたのがアレンだよ。僕やエスターとそっくりだったから、まちがいなく兄弟だとひと目でわかった。僕らは全員がどちらかというと父親似だから」

信じられない、という思いが先に立った。

大国の国王であれば、愛妾《あいしょう》のひとりやふたりはいても当然かもしれない。けれど、日陰の子というにはアレンはあまりにも自然に王族に溶けこんでいる。

——俺が王族としてここにいられるのもメルヴィンのおかげだから。

ふいに、アレンの言葉が脳裏をよぎった。

「国王は、一夜のみの契《ちぎ》りをむすんだ美しい女性のことをずっと忘れられなかった。だから、身重《みおも》の彼女が戻ってきたときとても喜んだんだ。王は彼女に一室を与え、たいせつに囲った。赤子が無事に生まれるよう心を砕いた。その様子は盲目的と言ってもよかった。結果、彼女は元気な男の子を産んだよ。国王はたいへん喜んで、女性と赤ん坊をますます愛した。けれど王妃は、それをよくは思わなかった」

それはそうだろう。自分の夫が、自分以外の女性とその子供に夢中になっているのを見るのは、ひどくつらいことにちがいない。

「王妃は——僕とエスターの母は、国王が外遊に出ているあいだに、妾《めかけ》とアレンを王宮から追いだそうとした。けれど、国王の認知した王子を外へ放《ほう》りだすわけにもいかない。だから、ある場所にとじこめたんだ」

フランセットはどきりとした。

華やかな王太子宮のなかで、唯一さみしげなたたずまいの塔。やけに小さな窓のある閉塞感に満ちたこの部屋は、もしかしたら。

メルヴィンは、フランセットの頬にふれながらほほ笑んだ。

「そう。この部屋だよ、フランセット」

「ここに……ずっと？　アレン殿下とその母君が、ここで暮らしていらっしゃったんですか」

このようなさみしげな部屋に、王からの寵愛《ちょうあい》を受けた女性と王子がふたりきりで？

「国王が外遊から戻ってきてからいろんなことがあった。結果的に、王の了承のもとで、妾とアレンはこの塔で暮らすことになったよ。けれど、ふたり目の息子を彼女がまもなく身ごもって以降、王妃はなにも言わなくなった。彼女の存在を許すというよりは、あきらめたんだろうね。妾は塔から出されて、いまは、すこし離れたところにある小さな宮でおだやかに暮らしているよ」

フランセットは安堵するとともに、複雑な思いになった。

（そういうこともありうる国なのだわ）

メルヴィンが国王とおなじことをするとは思わない。けれど、このようなことも起こりうる場所だという事実はフランセットに衝撃を与えた。

メルヴィンは、フランセットの頬を優しくなでる。

「でも当時はいろいろなことがありすぎた。たくさんの感情がからみあいすぎた、という言いかたのほうが正しいかな。だから、この部屋の窓が小さい理由は、妾の身投げを防ぐためだったんだよ」

フランセットは絶句した。

「もともとは大きな窓だったんだ。王の命令で、そこに石をはめて小さくしたんだよ」

メルヴィンの手がふいに動いた。フランセットの肩からドレスをぐっと押し下げていく。

夜の外出だったので、着ていたドレスは簡素なものだった。あわててとめようとするフランセットをよそに、メルヴィンはドレスを腰のあたりまで下げてしまう。

下着は布製の胸あてだけだったから、メルヴィンのてのひらはすぐに素肌にたどりついた。薄い腹部を這《は》う大きな手に、フランセットは身をこわばらせる。

「国王は愛妾の身投げを——自分の前から彼女がいなくなることを不安に思ったんだろうね」

「ど、うして……。それほど思いつめていた様子なのであれば、まずはここから、出して差しあげればよかったではないですか」

こんな場所に閉じこめておくから、身投げしてしまいそうな精神状態になるのだ。

しかし、喉の奥でメルヴィンは笑う。

「出してどうするの？　心ない中傷やいやがらせを彼女にぶつけるのは王妃だけじゃない。宮廷のほとんどすべてが彼女の敵だった。だからこそ、ここにとじこめることが国王の——父の愛だったんじゃないかな。僕は当時六歳で、父の示す愛情というものがよくわからなかったけれど、いまはわかる気がするよ」

素肌を愛《め》でていた彼のてのひらが、下腹部でとまった。そこをくっと押されて、驚いたフランセットが身を起こしかけたとき、彼のてのひらから熱いものが勢いよく流れこんできた。

「なに、メルヴィンさま……っ？」

「愛してるよ、フランセット」

重たい熱がずくりと下腹部に埋めこまれて、フランセットは目を見開く。

「や、ぁ、ア……！」

体内の熱が急速に高まっていく感覚に喉がふるえた。つめの先まで疼《うず》きがひろがって、えたいの知れないなにかに体を浸食されていくような錯覚に陥る。

「いや、なに……っ、メルヴィンさま……！」

「朝も昼も夜も、僕のことしか考えられないようにしてあげる」

メルヴィンは、フランセットの肢体にからまっていたドレスを片手ではぎとった。もう片方で白い腹部にふれたまま、しっとりとしたふとももをなでる。

それだけで、フランセットはぞくぞくとした快感につらぬかれた。体の奥が濡《ぬ》れた感触がする。

こんなこと、信じられない。

「は……っ、ア、ひう……っ！」

「気持ちいいことをしようか。夜中ずっと、あなたの体内をなでてあげるよ」

ふとももを這いあがった手が、つけねのあたりを押さえるようにして両脚をひろげた。たっぷりと蜜《みつ》をまとう花びらに夜の空気がひやりとふれる。

それだけの刺激でフランセットはひどい愉悦に侵された。

「いや、いや……！」

「ピンク色に濡れて光って、ふふ、かわいい」

彼のてのひらが腹部からやっと離れた。けれど、熱の流入がやんでも体内の興奮は収まってくれない。

メルヴィンにいったいなにをされたのか。

単純な考えすらまとまらなかった。

「ふれてもいないのにヒクついて、甘そうな蜜があふれているよ」

「やぁ、見ないで、殿下っ……！」

「どうして？　こんなにきれいなのに」

小さく笑ってメルヴィンは、蜜を垂らす場所に顔を下ろしていく。その行為がなんなのか、フランセットはもう知っていた。

「だめっ……殿下！」

ゆっくりと、全体を押しつぶすようになめられる。空気にふれただけでひどく感じてしまうそこを、熱い舌が這っていく。

フランセットの腰ががくがくとふるえた。あまりの快楽に視点が定まらない。

「ひ、ア、ああ……！　だめ、だめ、ぁああっ！」

「甘くてあたたかいな。あなたのなかをこうしてずっと愛でていたいよ」

浅いところへ舌がぬるりと差しこまれた。フランセットの喉がひきつって、乱れた息が夜気を乱す。

両手で粘膜をひろげられ、むきだしになったそこをくり返しなめられた。

下腹部がとろとろに溶けていく。強い愉悦が生まれて、啼《な》き声がとまらない。

「あ、あ、ぁあっ！　やめ、も、イっちゃう……！」

粘膜をしゃぶられながら、指の腹で肉粒をつままれてくちゅくちゅと扱《しご》かれた。腰が大きくはねて、フランセットは達した。

思考が真っ白に染まる。ぼやけた視界にメルヴィンが映る。ぐったりとシーツに沈むフランセットの体を彼は見下ろしていた。愛液に濡れた自身の口もとを無造作に拭《ぬぐ》うしぐさ、それだけでフランセットの奥が疼く。

（もう……いや）

こんなのおかしくなる。目でそう訴える。

けれどメルヴィンは、喉の奥で笑うのだ。

「まだだよ、フランセット」

「や……も、やめて、くださ」

「数えるのがばからしくなるくらい、イかせてあげようか？」

メルヴィンは、フランセットの両手首を片手でつかんでシーツに縫いとめる。燭台の明かりに照らされて、彼の漆黒の瞳が淫靡《いんび》に光っていた。

達したばかりの体内に、彼の指がずぷずぷと入ってくる。ひどく敏感になっている襞《ひだ》をじっくりとこすりあげられて、フランセットの肌が快楽に粟立《あわだ》った。

「だめ……ッもう、あ、ん、んぅ……っ！」

体がはねる。そのたびに、揺れる双乳が視界に映る。

まろやかな素肌の先端は、ふれられてもいないのに赤く色づき凝《しこ》っていた。まるで、肉欲に溺《おぼ》れかかっている自分を表しているようだ。

（ちがうわ、だって、メルヴィン殿下のせいで――）

ふるえる手首が解放される。

メルヴィンがまた下がっていって、媚肉《びにく》を舌でまさぐり、ふくらみきった尖《とが》りに吸いついた。息がとまって、思考が塗りつぶされる。

「いや、ァ、ああぁッ」

ぐちゅぐちゅと、みだらな水音に耳が犯されていく。指が増やされた。入り口がゆがむほど、隘路《あいろ》を激しくいじられている。フランセットを知りつくした動きは、とろけるような快楽しか与えてこない。

もうずっと、絶頂から降りることができない。

「は、——はぁッ、も、いや……ッあ、でん、か、ぁ、ああぁッ」

「名前を呼んで」

むきだしになった神経に歯先が沈んだ。

するどい熱が頭の芯《しん》まで通って、声すら出ない。

「——ッ、ひ、」

「僕のかわいいフランセット」

尖りに舌がからむ。吸いあげられて、根もとを幾度も甘噛みされた。

意識が快楽を追いきれない。体内が真っ白に焼かれていくようだった。

「ぁ、——んっ、メル、ヴィ……っ」

体内では、みだらな体液をかきだすようにメルヴィンの指が抽挿をくり返している。

下半身がぐずぐずに溶けて、まるで自分のものではないみたいだ。

許容量を超えた快楽からフランセットは逃げようとする。けれどメルヴィンがそれを許してくれない。

　自分の乱れた息にまで追いつめられた。半分までひらかれた天蓋《てんがい》のカーテンにフランセットは手を伸ばす。ふるえる指で握りこみ、身をよじって、カーテンを頼りに上へ逃げようとした。

　そのとき、メルヴィンの目がフランセットの手首にむけられた。

「あ……!?」

　見えない力に両の手首がとらわれる。巻きとるようにまとめられて、むりやりひきあげられた。

「逃げたらだめだよ」

　濡れきった下肢の奥をいじりながらメルヴィンは笑う。

　見えないレールを巻くようにゆっくりと吊《つ》りあげられて、シーツからお尻《しり》が浮いた。ひざ立ちになる高さでやっととまる。

　恐怖に呑まれてフランセットはふるえた。

「僕から逃げたらだめだ」

「ち、ちが……」

「ちがう?」

　花びらに埋めたままの指、それとは別の手が、フランセットの腹部から胸までをなでていく。

「なら、どこへ行こうとしたの」

　やわらかな乳房をつかまれた。指の腹で、先端のきわ、皮膚の薄い部分をさすられる。

「ひぁ……ッ!」

「僕の腕のなか以外に、あなたの居場所がなければいいのに」

耳にふれた低音にぞくりとする。そのまま耳朶《みみたぶ》を舌にくるまれて、やわらかく歯を立てられた。

体温のあがりきった体がびくびくと何度もふるえる。そのたびに、不可視の縄に吊るされた手首がきしんだ。

「い……ッ」

「痛い？　ごめんね」

熱い舌が耳孔にぬるりと入ってくる。

「っや、ぁあ……！」

「とまらないんだ。どうすればいいのかな」

ぐしゅぐしゅと抜き差しされて、みだらな水音に脳内まで犯される。下肢はずっと彼の指を食《は》んでいて、ふるえるふとももに粘性の液体が幾すじも伝っているのがわかった。

まともな思考回路をつなげられない。

気持ちがよすぎた、怖いほどに。

いっそ気が狂えたら。

彼の指がまた、熟《う》れきった肉芽にかかる。こすられて、押しつぶされた。

「っひ、あ、アあああ！」

大げさに体がはねる。しならせた背をたくましい腕で抱きよせられた。狂おしいような口づけがうなじにいくつも落とされる。

「愛してるよ」

メルヴィンの息が熱い。抱きしめられて、彼の欲望の凝りが下腹のあたりに押しあてられる。

それで奥にふれてほしい。

みだりがましく腰を揺らしてしまう。指も気持ちいい、けれどそれだけじゃ足りない。

「もっと気持ちいいことも多分できるんだ」

フランセットの体内を愛でながら、メルヴィンが言う。

ぞろりと、ひざからふとももにむかってなにかが這いあがってくる気配がしたのはそのときだった。

吊りあげられて、ひざ立ちになっている両脚を、二匹の子蛇に似た冷たさが這っている。見えないけれど、そんな感触がする。

全身に鳥肌が立った。

「ひっ……！」

「ずっと一日中。僕がこの部屋にいないときも、愛してあげることができるよ」

子蛇の頭が分かれて、フランセットのしなやかなふとももを巡りながら進んでくる。小ぶりのお尻をざらざらとなめつつ、腰骨にそってくびれたところに巻きついた。

フランセットはガタガタとふるえながら、視線だけを下にむける。水で作られた縄のようなものが、腹部に巻きついて這いまわっていた。

「や……、いや……」

——怖い。

ぽろぽろとこぼれ落ちる涙を、メルヴィンが優しくなめとった。

「ふるえてるね。かわいそうに」

彼の声は残酷なまでに優しい。

ゆっくりと、メルヴィンの指に体内をかきまぜられている。隘路を押しひらくような動きと、やわらかな襞をこすり立てる固い指先に、フランセットは溺れていく。

生ぬるい温度の花蜜が両脚を伝い落ちる。水蛇の長く冷たい尾とまざりあって、その感触にぞくぞくした官能がにじんだ。

おぞましいばかりだった水蛇の動きに、体熱がみだらにあおられる。ふとももやお尻の柔肉をじっくりとしめつけるように食いこまれていく。

やがて、彼の指が埋められているぬかるみを、水蛇の頭部がなぞり始めた。

「ア……あ」

びくんと体が揺れた。手首を吊るされているからひどく不安定だ。

でもそんなことより、気持ちがよくて。

「だめ……こんなの、だめ……」

水蛇の細い体が、メルヴィンの指に沿うように、なかに入ってくる。

ぞっとして、けれどなめらかな冷たさに肉襞をなめあげられていくことが、おそろしいほど気持ちいい。

ひたひたと隘路に満ちて、彼の指に愛液とともにかきまぜられて、みだらな水音が素肌に粘りつく。

「やぁ……っア、あ、ぁあ、狂っ……」

「いっしょにどこまで堕《お》ちようか」

もう一方の水蛇が乳房に巻きついた。まろやかな柔肉がしめつけられて、卑猥《ひわい》なかたちにかえられる。

ピンと凝った先端を、細い舌でちろちろとくすぐられた。それだけなら、まだたえられたかもしれない。

けれど口を開けたそれが、色づいた先端をくわえこんでじっくりと吸いついたとき、フランセットは恐怖と快楽の狭間《はざま》につき落とされた。

「や、ぁあ、ひァあ……ッ！」

「ああ、悦《い》いんだね。蜜がたくさんあふれて、きみのやわらかな粘膜が僕の指を食いしめてる」

「ち、が……ッ、あ、いやぁあっ」

水蛇をつぶすように、胸を握られた。

パシャッと蛇が小さく弾けて、フランセットの頬に水滴が飛ぶ。それをメルヴィンの舌がなめとって、そのままくちびるを荒々しく奪ってきた。

「……ッ、ん……！」

「やっぱりいやだな。あなたにふれるのは僕だけでいい」

昏《くら》い情欲に濡れた双眸《そうぼう》が、ごく間近で光っていた。フランセットが息をつめた直後、また小さく弾ける音がして、みだらに巻きついていたすべての水蛇が崩れ落ちる。

「フランセット」

胸をきつく揉みしだかれ、凝った色づきを指先で扱かれる。蜜孔に指をぐちゃぐちゃと抜き差しされて、フランセットは何度も絶頂を味わわされた。吊るされた手首が悲鳴をあげる。

それでも、どうしようもなく気持ちがいい。

（だめ、もう）

恐怖も、心と体の痛みも、すべてが快楽に溶かされる。

「フランセット……フランセット」

まぶたに、頬に、くちびるの端に、熱い口づけが降った。

「愛してる」

狂気に墜落《ついらく》する一歩手前。

メルヴィンの危うい双眸は、そんな状態を思い起こさせた。

「あなたからキスして、フランセット」

だからこれは乞《こ》われているのだ。

愛を。

(教えてほしいと、殿下は言った)

一瞬のためらいで、フランセットはメルヴィンを壊すことができるだろう。彼の「愛している」とは、そういうことだ。

全身全霊《ぜんしんぜんれい》をこめて愛してくれている。

だから。

「メルヴィンさま」

想いを返すだけでは、足りない。

「メルヴィンさま……」

くちびるをかさねた。すこし伸びあがって、体をメルヴィンによせたから、拘束された手首がうしろのほうへひかれた。

フランセットの視界に、見開かれた彼の目が映る。漆黒のそれは苦しげにゆがんだあと、激情を押しつぶすようにまぶたをとざした。

力強い両腕で抱きよせられる。さらにうしろへひかれた両腕は、一瞬ののち、小さな破裂音とともに拘束を解かれた。

口づけが深まる。すべてを奪われつくすような荒々しさに、くちびるの端からフランセットは息をもらした。

「ん、ん……っ」

「っ、フランセット」

うしろにまわった手がお尻をつかみ、ひきあげられる。ひざがシーツから浮いた。彼の性がぬかるみにふれて、フランセットは息をつめる。

ずくりと真下からつらぬかれた。

「ぁ、ああああっ！」

「く、ッ」

シーツにひき倒される。抜けかかった情欲を奥までふたたびねじ込まれた。

視界がチカチカと明滅する。

メルヴィンの肌はフランセットよりもいっそう熱い。彼は激情をぶつけるように、フランセットの奥へ欲望をたたきこむ。

「ア、ん、メルヴィン、さま……っ」

すがるものが欲しくてフランセットは両腕を伸ばした。奪うように手首をつかみとられ、シーツに押しつけられる。メルヴィンが覆いかぶさってきて、飢えた獣のようにくちびるを貪《むさぼ》られた。

「ッ、フランセット……！」

「あ、ん、うんん……ッ」

奥まで穿《うが》たれ、子宮の底に先端を押しつけられる。ぞくぞくとした快感がつめの先まで押しよせて、

「あ、ん、ぅんん……ッ」

フランセットの瞳から涙がこぼれた。

それを拭う長い指と、汗ばんだ熱い素肌。うめくように名を呼ばれ、体内を食いつくされていく。

欲望に侵された漆黒の瞳を、フランセットはきれいだと感じた。このひとに体をつらぬかれているという事実に、どうしてか背徳感を覚える。

だから、フランセットはとっさに、メルヴィンの胸板に両手をついて押し返そうとした。すると乳房に歯を立てられて、じんとしたしびれに体の芯を揺らされる。赤く痕《あと》のついた皮膚をなめあげられ、舌先が赤い色づきにたどり着いた。

「待っ……、いや、あァっ！」

勃起《ぼっき》した乳首を熱い舌にくるまれる。じゅっと吸われて、フランセットは背をしならせた。

「や、ぁ、ひ、ひう……っ！」

舌淫《いん》に乱されながら、蜜孔を最奥まで穿たれる。激しく、何度も。シーツの上を背中がずりあがりそうになって、それを押さえつけられた。

獣欲に食い荒らされてしまいそうな恐怖と、体内が溶けてかたちをなさなくなるような愉悦にフランセットは襲われる。

ひときわ深くえぐられて、視界が白く塗りつぶされた。

「――ッ！」

びくんと大きく腰がはねる。

きつく抱きしめられて、蜜肉の最奥で男の欲望が弾けた。

「……は」

フランセットのうなじに大きく息を落として、メルヴィンはフランセットごとシーツに沈みこんだ。

しびれる指先が、まだ、メルヴィンの手にとらえられている。フランセットは、ぼうっとしながらそれを見つめていた。

「……フランセット」

荒い息の下で、メルヴィンが呼んだ。

たくましい胸の奥に抱きこまれて、髪にくちびるが押しあてられる。

そのしぐさのひとつひとつが、深い愛情に満ちているというのに。

「あなたをここにしばらくとじこめる。不自由がないようにとりはからうよ」

「……どうして、ですか」

自由を奪うのは、なぜなのか。

フランセットのためか。

それとも、メルヴィン自身のためか。

(信じなくては、いけないのに……)

甘くしびれたままの下肢から、彼自身が抜きとられていく。フランセットは、指にからめられたメルヴィンのそれを無意識に握りしめた。

「毎晩会いに来るよ。あなたがさみしくならないように」

フランセットの髪をなでながら、メルヴィンは静かな声でそう告げる。遠ざかる意識のなかで、情事に熟《う》れきった体を彼にゆだねながら、フランセットはまぶたをとじた。

フランセットの監禁生活は、この夜から始まった。

第五章　王族の花嫁は幸せか？

扉のひらく音で、フランセットは目を覚ました。燭台《しょくだい》の明かりさえ消えた、暗すぎる室内だ。

フランセットは長椅子《いす》に横たわっていた。ラグに読みかけの書物が落ちているのが見える。どうやらいつのまにか眠っていたようだ。

時間の移りかわりを小さな窓からでしか確認することができなくなってから、そう日数は経《た》っていないはずだった。せいぜい十日程度だろうか。

「新しい本を持ってきたよ」

手燭《てしょく》の明かりがフランセットの目をくらませた。

メルヴィンは、テーブルに本を置いてフランセットの前に片ひざをつく。

「寝ていたの？」

「……はい」

長椅子から身を起こしつつフランセットは答える。

「本を読んだり、外を眺めたりするくらいしかやることがなくて。日常にあまりにも変化がないから頭がぼうっとしています」

メイドらは、フランセットと会話することを極力禁止されているようだった。おそらく、彼女らがフランセットに同情して塔外の出来事を教えてしまうのをメルヴィンが警戒しているためだろう。

（お父さまやリオネルについてのことを聞かされれば、わたしがここから出ようとする可能性がある

とお考えなのだわ)

フランセットの行動を抑制するために情報を流さないようにしている。そう勘ぐるのはフランセットの考えすぎだろうか。外に出られないいため、頭の機能が低下している気がするのは確かだ。

しかし、ぼうっとしてしまうのは監禁生活のせいだけではなかった。夜ごと、あますところなく体を蹂躙《じゅうりん》するような激しい抱きかたをされて、気を失うようにフランセットは眠りに落ちていた。朝起きたら指を動かすことさえ億劫《おっくう》という状態だ。

(これまでは、殿下が治癒《ちゆ》魔法をかけていてくださっていたから、疲れを翌日に持ち越すようなことはなかったのに)

けれどいまは、メルヴィンはそうしてくれない。

フランセットの体力を奪って、意思を挫《くじ》かせるようにしている。そんな意図がかいま見える。

「不自由な思いをさせてごめんね。なにか欲しいものはある? なんでも用意するよ」

フランセットの髪をメルヴィンがなでる。

その優しいしぐさに、フランセットはたしかに癒《いや》されるのだ。

「もうすぐここから出してあげられるから、あとほんの少しだけおとなしくしていて」

この言葉にこめられた意味を悟って、フランセットは目を伏せた。

(やっぱりわたしは、メルヴィン殿下のひとりよがりな感情のみによって、ここにとじこめられているわけではないのだわ)

メルヴィンの過剰な心配と、男としての独占欲だけが理由で囲われているわけではないのだ。

この塔からフランセットが出られない——出してはいけない事情があるのだろう。おそらく、あの夜に馬車を襲撃してきた一味に関係があると考えられる。

つまりは、フランセットの身に危険が及ばないようにするためだ。

(殿下は、優しいから)

フランセットをいつも守ってくれている。

彼がここにいないあいだ、メルヴィンの過去を思うときがフランセットにはあった。

国王の不貞によって王宮内が荒れていたであろう時期、おそらくメルヴィンは、まだ六歳だったはずだ。

それは、フランセットとメルヴィンが初めて出会った時期にあてはまる。

「アレンがおいしいお菓子を買ってきてくれたんだ。いっしょに食べよう。――それと」

メルヴィンは、フランセットのとなりに腰を下ろしてほほ笑んだ。

「すこし話をしようか」


小さな窓からは区切られた空しか見えない。

今夜は澄んだ星空で、風もなかった。

「ここはとてもさみしい部屋だね」

メルヴィンの横顔は、燭台の光に照らされている。まるで絵画《かいが》のようにきれいで、けれどせつなげな表情は生きている人間のそれだった。

「僕は毎日のようにここに遊びに来ていたんだ。アレンの母君は物静かな優しい人でね。僕は彼女になついていた。赤ちゃんのアレンも、僕の顔を見て笑ってくれるのがかわいくて、僕らはとても仲よしだったよ」

　昔をなぞる彼の言葉は、愛情に満ちている。

「王妃は――母上は、僕の行動を黙認していた。心中はおだやかじゃなかったと思うよ。国王の外遊中に、妾《めかけ》をここへ追いやったのは母だったからね。でも、僕は母に溺愛《できあい》されていた。彼女が産んだ、この国で唯一の存在である王太子だったからだ。僕は、彼女の王妃としての一生の象徴だった」

　フランセットは胸に痛みを覚えて、その上でてのひらを握りこんだ。メルヴィンはこちらをふりむいて、ほほ笑む。

「けれど、母親としての愛情も深い女性だったよ。僕も母を愛していた。そう、僕はね、だれのことも嫌いじゃなかったんだ。赤ちゃんのアレンはエスターとおなじくらいかわいかったし、父の愛妾《あいしょう》は優しくて、でもほんのすこし心が弱くて気がかりだった。大国を治める偉大な父を尊敬もしていた」

　それは、六歳という幼さから起因する無邪気さなのかもしれなかった。けれどメルヴィンの気質自体が愛情深く、優しいものだからこそ、持ちうる感情だともフランセットは思う。

「外遊から帰った父は、王妃によって塔に押し込められた愛妾と赤子を見て、驚いていたよ。すぐに塔から出そうとした。僕もそのほうがいいと思った。この部屋はあまりにもさみしすぎるからね。けれど、彼女自身が出ることを拒んだ。『ここにいたい。ここならなにからも傷つけられずにおだやかにすごせるから』と。父は、彼女の精神状態を心配して、窓を小さくした」

　フランセットは妃《きさき》の――正妻の立場だから、妾であった彼女の心境を、充分に推し量ることはできなかった。けれど、こんなにさみしい部屋にとじこめられることが幸せなのだと感じるほど、彼女は不幸だったのだ。

「そんな状態になってしまって、家族のあいだは当然ギスギスしていた。僕にできることは、だれのことも以前とおなじように愛したままでいることだった」

だからずっと笑顔でいた。一日に一回はかならず家族ひとりひとりと顔をあわせて、大事なことも、他愛ないことも、ゆっくりと話しあった。エスターを塔に誘って、赤子のアレンと彼女を囲んでお茶会をひらいたりもした。

メルヴィンは懐かしそうに昔を語る。

「さみしい思いをするであろう母には、不慣れながらケーキを焼いていっしょに食べたり、庭園を散歩したりしたよ。根っから国王気質の父には、帝王学の教えを請うたり、剣や魔法の鍛錬を見てもらったり。——あきらめたら、だめだと思っていたから」

メルヴィンは、かたちのいい眉《まゆ》を苦しげによせた。

「男女関係のむずかしさを、幼い僕は理解できていなかった。だから、いつかみんなで仲よくできる日が来るって信じていたんだ。その日が早く来るように、絆《きずな》をむすびつづけようと思っていた」

慎重に、優しく。いつも笑顔で、がまん強く。

過去の状況がいまのメルヴィンを作ったのだと思うと、フランセットの胸が苦しくなった。

(殿下は表情が豊かだけれど)

それも、人に対してつねに心をひらこうとする思いの表れなのかもしれなかった。

僕はあなたに心をひらいている。

だからあなたも、僕を信じて。

「でも、現状はいっこうによくならなかった。だからさすがに疲れてきてね。あきらめたらいけないと思いつつも、投げやりになりかけていたんだ。長男として、ほんとうにだめだと思うんだけど……」

自嘲《じちょう》まじりにメルヴィンはほほ笑む。フランセットは思わず彼を抱きしめたくなった。

そんなに背負わなくてもよかったのに。

たった六歳の少年が。

「でもそんなときに、フランセット。あなたに出会ったんだよ」

メルヴィンの手が伸びて、フランセットの頬《ほお》を包んだ。フランセットよりもすこしだけ高い、いつもの体温だった。

「言いたいことを言いあえる家族。怖《お》じけることのないまっすぐなまなざし。毅然《きぜん》とした言葉と、優しい声。フランセットのすべてがまぶしかった。僕に、あのころの僕らにないものを、あなたはすべて持っていた。フランセットの家族になりたかったし、家族にしてほしかった」

毎日贈られてきた花。

メッセージカードもなく、色とりどりの花束だけがフランセットのもとに届きつづけた。

メルヴィンはおだやかにほほ笑む。

「いまも昔も、僕は甘ったれだね」

フランセットの瞳《め》から涙がこぼれた。けれど幼かったころのメルヴィンも、泣きたかったにちがいなかった。それでも、だれにも涙を見せなかったのだろう。みんなのために。

フランセットは両腕を伸ばした。ひざ立ちになって、メルヴィンの頭をかかえこむように抱きしめた。

フランセットの頬にさらさらした黒髪がふれる。ぴくんとメルヴィンは身じろぎをして、それから力を抜いた。

「メルヴィンさま」

彼の力になりたいだなんて。

支えになりたいだなんて。

それはきっと、ちがうのだ。

ただずっととなりにいてほしい、そう願うメルヴィンの想いは、傷ついてきた先に宿ったものなのだろう。

どうしてその願いを、ただそれだけのものとはね返すことができたのか。

「あなたが好きです、メルヴィンさま」

言葉になりきらない想いをこめて、フランセットはメルヴィンを抱きしめつづけた。


フランセットに過去をすべて打ち明けるつもりは、メルヴィンになかった。彼女は優しいから、とまどって心を痛めるにちがいないからだ。

けれど、なんだかんだと理由をつけてなかなか首都へ戻らなかったのは、王宮に入るのが怖かったからだ。

なにか起こったとき、自分はフランセットにすがってしまう。傷を癒してほしい、愛してほしいと訴えてしまう。それがわかっていたから。

「ほんとうに、どうしようもないな」

昨夜にフランセットと交わした会話を思いだしながら、メルヴィンは自嘲する。抱きしめてくれた彼女のぬくもりは、メルヴィンの肌にまだ残っていた。

書斎の窓からはおだやかな陽光が差している。メルヴィンは執務机を見下ろした。

手もとにひろがっているのは弟たちからの報告書だ。ついさっきエスターが運んできてくれた。彼はまだ室内にいる。

「同意するよ、メルヴィン。叔父君はほんとうにどうしようもない御仁だ」

エスターの言葉に、メルヴィンはきょとんとして顔をあげた。エスターは机の横にたたずんだまま、首をかしげる。

「どうしたんだい、メルヴィン。俺はおかしなことを言ったかな？」

「ああ、いやちがうんだ。どうしようもないのは叔父上じゃなくて、僕のことだよ」

「なぜ？　メルヴィンは王家の至宝だよ」

エスターはくすくすと笑う。彼の、片側にまとめた髪がさらりと肩をすべった。

（ああ、この笑いかたは僕とおなじだ）

相手を気遣うときのやりかただ。

メルヴィンはほほ笑む。

「ごめん、ちょっと弱気になっていたみたいだ。気にしないで」

「そういうときは休むべきだよ。夜はいつも塔に？　ひと晩くらいは自室でゆっくり寝てもバチはあたらないんじゃないかな」

「うーん、そこが僕のだめなところなんだ」

自室にひとりでいても、眠れる気がしない。

メルヴィンは改めて報告書に視線を落とした。

「ロジェの王子が関所に来たという話はやっぱりデマか。それをフランセットに教えたご令嬢はシロ、馬を貸したことも含めてまったくの善意。ここまでは推測どおりだね。問題は、にせの情報をだれが流したかだ。その犯人と、フランセットを襲った主犯は同一人物だと思う。叔父上が最有力候補だということが、エスターとアレンの共通意見でまちがいない？」

「兄君の見解は？」

「異論なし」

報告書をまとめて、指先に意識を集中する。一瞬で紙の束は燃えあがり、灰はあとかたもなく消えた。

「動機も充分。権勢欲のかたまりでいらっしゃる我らが叔父君は、娘の婿にどうしても僕を欲しいらしい。僕のことを彼はそんなに好きなのかな」

「まことに光栄なことだが、俺《おれ》たちの長兄は彼に渡せないな」

「問題は物的証拠《しょうこ》がないことか。襲撃犯の管理はアレンがしているんだよね。あの子から有用な報告は？」

「尋問《じんもん》に難儀しているようだ。甘いところがあの子にはあるから」

「なら僕が替わろう」

メルヴィンは立ちあがった。

「揺るがぬ証拠を手に入れるまでは、このことを決して表沙汰《おもてざた》にしないように。フランセットは慣れない宮中生活の疲れが出て寝こんでいるという設定をつづけてくれ。僕の力でもすぐに回復できないほど、疲労がたまっているとね」

「あそこからフランセットをいつ出す？」

「……。アレンはなんて？」

「ふたりを心配してる」

あの塔は、アレンにとって特別な場所だ。そこを使わせてもらっている。あの塔の形状は、彼女を守りやすいのだ。

メルヴィンはアレンに感謝しつつ、かすかに笑った。

「大丈夫、ちゃんと考えているよ。フランセットは、いつまでも閉じこめておけるような女性じゃない」


塔の小さな入り口を固めるのは、信頼の置ける屈強な衛兵だ。彼らを労《ねぎら》いつつ、メルヴィンは細いらせん階段を上る。

ごく小さな明かりとりの窓がぽつぽつとあるが、いまは夜だ。メルヴィンは手燭の光を頼りに進んだ。あたりに響くのは自分の足音だけである。

（愛妾に会いに行くとき、父上はこの階段を上っていった）

自分の影に父の姿が映りこむような錯覚に陥って、メルヴィンは足をとめる。

だれの手も届かない塔の上で、ひとりの女を愛していた父。

「ここから出たくない」と泣く愛妾の、心の闇《やみ》を嘆きながら、その裏でほの暗い悦《よろこ》びを感じていたのではないだろうか。

父の心情をそのように推察してしまうのは、自分が彼を理解しているからか。

理解できてしまうからか。

(ちがう……)

メルヴィンはゆるく首をふって、ふたたび階段を上りはじめた。

父上。

僕は、あなたのようにだけはなりたくない。

周囲を傷つけ、たいせつな人を不幸にするような愛しかたはしたくない。

「メルヴィンさま……?」

フランセットは長椅子で眠っていたようだった。

メルヴィンはうしろ手に扉をしめて、手燭をマントルピースに置く。

「こんなところで寝ていたらだめだよ、フランセット。かぜをひいてしまう」

彼女の体の下に両腕を差し入れて、抱きあげる。すこし痩《や》せたかもしれない。

むりもない。

彼女の腕が、メルヴィンの首もとにゆるくからむ。自由で明るい彼女を、こんな場所へとじこめている罪悪感があった。けれどこうしてフランセットにふれていると、申し訳ないという気持ちが上から塗りつぶされてしまう。弁解しようもなく利己的な心理だ。

女性のやわらかさを、彼女を抱いて初めて知った。

そのときの感動と、すべてを明け渡してしまいそうになる安堵《あんど》感を、メルヴィンはずっと忘れないでいるだろう。

体を何度重ねても足りることはない。

彼女以外、だれもいらない。

「外に出ないと頭が働かなくなりますね」

寝台に腰かけさせると、伸びをしながらそんなことをフランセットは言った。

「侍女はすぐに帰ってしまうし、人と会話することもあんまりできないですから」

「女の人は会話をしないと生きてる心地がしないって、聞いたことがあるんだけど」

「それはそうですよ、発散しないと愚痴がたまってしまうじゃないですか。おもに夫への愚痴が」

フランセットはいたずらっぽく笑う。こういうところが好きだと、メルヴィンは思う。

彼女の髪に手を差しこんで、首裏までの曲線をなで下ろした。

「心あたりがありすぎて、つらいな」

口づける。甘い香りに酔いそうになる。

抱きよせて、やわらかな髪に顔をうずめた。

朝なんて来なければいい。

「でも殿下とこうしていられる時間が、わたしはいちばん好きですよ」

「僕はあなたに甘えてばかりだね」

フランセットが許してくれることを前提に、メルヴィンは動いている。

「妻は夫を甘やかしたくなるものです。年下の夫はとくにかわいいから、それだけで幸運なんですよ」

「果報者だな、僕は」

彼女の体に片腕をからめて、ネグリジェ越しにてのひらで胸を掬《すく》いあげた。ゆっくりとこねながら、反対の手でネグリジェの裾《すそ》をたくしあげていく。

「……っ、殿下」

「かわいいだなんて。女性から初めて言われたよ」

ふっくらした耳朶《みみたぶ》を甘噛《あまが》みする。ぴくんとふるえる体を抱きしめて、ほっそりした両脚の奥へ手をすべらせた。指先でなぞった絹のドロワーズは、淡く濡《ぬ》れはじめている。

「僕とあなたと、どちらがよりかわいいと思う？」

「殿下、です……、っん」

布の上から指の腹で花芽を丸くなぞった。くたりと力の抜けていく体が、いっそう甘く匂《にお》い立つ。強弱をつけながら何度も愛《め》でると、やがてドロワーズがひたひたになり、媚肉《びにく》にぺとりと貼《は》りついた。

「つや、ぁ」

フランセットのこめかみが、メルヴィンの肩に押しつけられた。メルヴィンは頭のてっぺんにキスをして、布越しに粒をつまんだ。すでに熟《う》れているそれをコリコリと刺激する。フランセットの体はここが好きなようで、きれいな瞳《ひとみ》が愉悦にとろけていくのだ。

「ぅん、ん……ッ」

声を恥じるように、フランセットは手の甲で口もとを押さえる。それでもゆるんでいくくちびるの端から、唾液《だえき》がこぼれて白い肌を伝うのを、メルヴィンは見つめた。

「ねえ、フランセット……」

舌を伸ばして甘い唾液をなめとる。下肢の尖《とが》りをいじりながら、絹越しに、濡れた内部へ指をつき立てていった。

「最初に言ったように僕は、あなたの所有物になってもかまわないんだよ」

「え……？　っあ、いや、殿下、もう、おねがい直接、触っ……」

いやらしいおねだりも、きよらかなくちびるから紡がれればただただかわいい。

ショーツのクロッチ部分から、指をすべりこませる。蜜《みつ》でぬるぬるしていて、熱い。指先で媚肉を割りひらき、顔を出した粘膜を指の腹でくり返しなでた。やわらかくて弾力のある肌触りが心地よく、みだらな水音にメルヴィンの熱があおられていく。

ふれていないあいだも、自分の体は彼女をどうしようもなく求めていた。

涼やかな声を聞くだけで。明るい笑顔を目にするだけで、体が熱くなった。

「あ、あ、ん……殿下ぁ……」

メルヴィンのシャツをきゅっと握る手がいとおしい。

なであげた先の、ぷっくりとふくらんだ粒をくすぐった。ぴくんとはねる肩を抱いて、ひたいに口づける。

下肢の尖りの、薄い包皮をゆっくりとむきあげる。ぬめってすべるそれをつまんで小刻みに揺すると、フランセットから甘くとろけきった声がこぼれた。

「ぁあっ、あ、ん、待っ、そこ、だめ……っ」

「好きなくせに」

強めに扱《しご》けば、フランセットの体が大きくふるえた。うしろ頭を支えてくちびるを奪う。

赤い口腔《こうこう》内に舌を差し入れると同時に、下肢の隘路《あいろ》にも指をねじこんでいく。

「ん、んぅ……ッ！」

彼女の吐息が熱かった。蜜肉を複数の指でまさぐりながら、メルヴィンはフランセットをシーツに押し倒す。

寝台にやわらかく沈むいとしい体。純白のリネンにプラチナブロンドがひろがる。

「フランセット……」

くちびるを貪《むさぼ》りながら、そのあいまに彼女を呼ぶ。その響きを舌に乗せるだけで、頭の芯《しん》が甘く溶けていくようだ。

彼女のなかにある、いちばん感じるところを指でえぐる。同時に、ふくらみきった花芯《かしん》をじっくりとなでていると、フランセットは泣きそうな声でメルヴィンを呼ぶのだ。

「メルヴィンさま、メル……、っあ」

メルヴィンの背すじがぞくぞくする。甘い吐息がくちびるにふれた。

「ごめん、もう、がまんがきかない」

メルヴィンは眉をきつくよせて、彼女の両脚を割りひらいた。

彼女のなめらかな肌をもっと愛でていたいのに、メルヴィンの欲望はたぎりきっている。

「フランセット」

だからせめて、ゆっくりと。

フランセットの薄い腹部がふるえる。そこにてのひらをあてて、なだめるようになでてあげた。その動きにそうように、自身を埋めていく。

「ひあ……ッ、あ、ぁ……っ！」

「っ、フランセット、そんなに締めたらだめだ」

腹部に置いた手を、今度はなで下げていく。淡いしげみの奥、蜜にまみれた尖りに親指をかけた。

「っひ、や、だめ、いっしょにしたら、だめ、です……！」

「あんまりきついと、あなたを傷つけそうで怖いよ」

自分の吐息に、せつなさがまじるのをとめられない。

フランセットはこちらの感情にひどく敏感だ。メルヴィンが微笑で隠しても、彼女にはすぐに気づかれてしまう。

「大丈夫、ですよ。わたしは」

愉悦にあえぐ息の下で、メルヴィンの頬にフランセットは優しく手をふれる。

「いちばん奥まで、メルヴィンさまをください」

そうやって、甘やかされる。

片頬を包むやわらかなてのひら、メルヴィンはそれに頬をすりよせた。

「僕の奥さんはとんでもない策士だな」

「なんで、そうなるんですか」

彼女のくびれた腰をつかんで、ひきよせる。ぐっと自身の腰が進んで、彼女のなかをひらいていった。

吸いつくようにからんでくる濡れた襞《ひだ》は、甘い毒のように気持ちいい。

「だって僕は、あなたの言葉やしぐさに毎回翻弄《ほんろう》されて、結局夢中になってしまうんだ」

「翻弄、って、それは殿下のほうが、――ッ」

ぐちゅぐちゅと彼女を味わいながら、ふたつの乳房をつかむ。そのまま覆いかぶさるようにして、片方の先端を口に含んだ。

凝《こ》りはじめている右の色づきに舌をからませる。グミのように歯触りのいい弾力を、甘く噛んだ。

「ひう、ぁ、あぁっ」

「夫婦は鏡と言うけれど、僕とあなたはぜんぜん似ていないような気がするよ」

熱く張りつめた劣情をやわらかな隘路に埋めこみながら、胸の先端にじゅっと吸いついた。メルヴィンの下で、華奢《きゃしゃ》な体をフランセットがふるわせる。

メルヴィンは、脳内を甘く溶かす声を聞きながら、左胸の先端に指先を這《は》わせた。てのひらの部分でやわらかな乳房を押しまわす。

「ん、ぁ、やぁ……っ」

「僕の心臓をあなたにあげたい」

子宮の底を穿《うが》って、ぐりぐりと押しつける。膣《ちつ》肉が収縮し、メルヴィンをみだらに締めつけた。

途方もない快楽に肌が粟立《あわだ》って、息がつまる。ぞくぞくとした熱に体中を犯されていく。

硬くなった乳首を何度も甘噛みした。もう片方をつまんで、指先ですりあわせる。

また、彼女が啼《な》く。なかが締まって、奥へと誘うように甘く吸いつかれていく。

胸の先から白い喉《のど》まで、メルヴィンはざらりとなめた。やわらかな肌に歯を立てると、びくんとフランセットがふるえる。

「僕から離れるときは、僕の鼓動をとめてから行って」

みだらな酩酊《めいてい》に、脳の機能が奪われる。五感すべてが、フランセットしか感じられない。たぎりきった情欲をたたきつける。

「ア、も、あぁあ……ッ！」

「ねえ、フランセット……」

うなじを吸って、赤い花を散らした。白い肌を点々と穢《けが》していく。

（ああ、だめだ）

細い鎖骨を指でたどる。

これ以上彼女に入れ込んだら。

それは、執着だ。息もつけないほどの。

ギリギリの微笑をメルヴィンはくちびるに浮かべる。

「いっしょにイこうか」

「ア……んんッ……！」

激しく口づける。舌をねじこんで、ふるえる彼女のそれをからめとり、こすりあわせる。細い腰をつかむと汗ですべりそうになったから、もう一度つかみ直した。

「愛してるよ、フランセット」

ここにしか行き場のない欲望を、やわらかな体内にメルヴィンは放ちきった。


鳥の声がフランセットの耳をくすぐった。小さな窓から見える空は青い。

さんざん愛された翌朝は、体が重くて起きあがるのもひと苦労だ。

メルヴィンは、フランセットの髪をなでてから部屋を出ていく。ベッドにしどけなく横たわったまま、フランセットはぼうっと見送った。

(殿下はどうしてあんなにシャキッとできるのかしら)

白いシャツにグレイのベスト。その上からフロックコートを羽織って立つ姿は、昨夜の乱れをみじんも感じさせていなかった。

(殿下って爛《ただ》れてる……爛れてるわ……)

ここに閉じこめられて十日近く経つのだから、そろそろフランセットに治癒魔法をかけてくれてもいいのではないだろうか。

こちらには、逃げる意思はもうないのだから。

(あんなふうにせつなげに毎晩抱かれていたら、逆らう気もなくなるわ)

フランセットは息をつきながら、自分の手首に残るキスの痕《あと》を見る。胸もとなどのやわらかい皮膚には、もっとたくさん残っているだろう。

それを鏡で目にするたびに、メルヴィンの余裕のなさが思いだされていたたまれなくなるのだ。

「このままじゃ、きっとだめになるわ」

ここに閉じこめられていると、頭がぼうっとして無気力になってくる。その上メルヴィンにも余裕がないときたら、ふたりでどんどん暗い方向に沈んでいってしまうだろう。

「ちゃんとひきあげないと」

前をむかないといけない。

フランセットは、身を起こして寝台から下りた。伸びをして、深呼吸して、小さな窓の外を見る。

「いい天気」

きっと幸運のきざしだ。


この日は、めずらしく昼すぎにメルヴィンがやってきた。外はまだ明るい。

このチャンスを逃《のが》す手はなかった。フランセットは長椅子から立ちあがり、メルヴィンに駆けよる。

「メルヴィンさま、今日はどうしてこんなに早いのですか？」

「うん、事態の収束の目処《めど》が立ってきたからね。もうすぐフランセットを自由にしてあげることができそうだよ」

「それならいますぐここから出していただけませんか？　ほんの一時間程度でかまいません」

「ええ？」

メルヴィンは目を丸くした。フランセットは、彼のきれいな顔をのぞきこむ。

「今日はいい天気ですね、メルヴィンさま」

「うん、そうだね」

「わたし、ひさしぶりにメルヴィンさまとお庭デートがしたいです」

「お庭デート」

心持ち身をうしろにひきながら、困ったようにメルヴィンは首をかしげた。

「でもそれはむずかしいよ。大本をまだ捕まえることができていないし……」

「こんなにもすてきな春のお庭に出られないのは悲しいわ。ローズガーデンはきっととてもきれいでしょうね」

「それはそうだけど」

「メルヴィンさま、わたしはこの宮のローズガーデンを見たいのです」

フランセットは、慣れない上目遣いでメルヴィンを見つめた。自分のこういうしぐさにどこまで効果があるのかわからなかったが、メルヴィンの耳がほんのり赤くなったので、一定の戦果は得られたようだ。

フランセットは慎重にもうひと押しした。

「メルヴィンさまの贈ってくださったお花のなかで、わたしは薔薇《ばら》がいちばん好きでした。あのきれいな薔薇をもう一度、今度はメルヴィンさまといっしょに見てみたいのです」

「……。いや、でも」

「見たらすぐにここへ戻ります。一度だけ、外の空気を吸わせてください。ここは息苦しくて、気分が塞《ふさ》いでしまうわ」

メルヴィンは言葉をつまらせたようだった。じっとフランセットを見下ろして、それからふと笑みをこぼした。

「そうだね、いろんな意味で僕もそろそろ限界を感じてた。長い時間はむりだけど、外へ出ようか。いっしょに散歩しよう」

「ありがとうございます、メルヴィンさま！」

フランセットは心のなかで勝利を祝った。メルヴィンは苦笑する。

「あなたには負けてばかりだなぁ」


太陽の光がまぶしい。フランセットは、外の光量の多さに驚いた。

「こんなに明るかったんですね」

感動したようにつぶやくと、メルヴィンが気遣わしげにこちらを見下ろしてきた。

「ローズガーデンまで歩けそう？」

「そこまで体がにぶっているわけじゃないですよ」

「手を」

差しだされたてのひらに、フランセットは自身のそれをあずけた。

敬礼する衛兵をあとにして、中庭を抜ける。宮の外壁に沿うようにして前庭へむかった。前庭へ続く小道は石畳によって舗装されている。花壇のなかを黄色い蝶《ちょう》が舞っていた。

春の風が頬をなでる。新鮮な空気が胸いっぱいにひろがって、フランセットの頬は自然にゆるんだ。

ひさしぶりの太陽だ。

「やっぱり外は気持ちがいいわ！　ぐるぐる考えていたことがきれいに消えていく気分です」

「そう？」

メルヴィンは優しく笑う。塔のなかで見るよりも、陽光のなかの笑顔のほうが明るく見えた。かっこよさが五割増しだ。

「だってメルヴィンさまも、最近はつらそうでしたから。頭をからっぽにして、こうやってお散歩する時間もたいせつですよ」

「ほんとうにそうだね」

色とりどりのチューリップに黄水仙、紫色のクロッカスと、それよりいくぶんか淡いブルーベル。むこうのほうにはマグノリアの木が大ぶりの花を咲かせている。春の香りを含んだ風が、芝生《しばふ》の上を流れていった。

「アレンやエスターもがんばってくれているのに、こんなにおだやかな時間を僕だけが過ごしてしまって申し訳ないけれど」

「アレン殿下とエスター殿下もこうやって息抜きしまくっていると思います。絶対そうです」

「ああ、そうかもしれない。アレンは街に出て仲間とお酒を飲んだり、エスターは……女性関係が手広い子だからなぁ。ああいうのはある程度でやめておいたほうがいいと、何度も言っているんだけどね」

ローズガーデンの前にたどりつく。濃く甘い香りと、咲き乱れるつややかな花びらが、迷路のような生け垣にひろがっていた。

むりにお願いしてここまで連れてきてもらったというのに、きれいと思うより先に「エスターは女性関係が手広い」という言葉に、フランセットは反応してしまう。妻の悲しき性《さが》である。

「殿下。つかぬことをお聞きしますが」

「うん、なに？」

フランセットと手をつなぐメルヴィンは、とても幸せそうな表情をしている。

ここで水を差すのもどうかと思うが、いまから聞こうとしていることは、ずっと前から気になっていたことだ。

長いあいだとじこめられて、やっと外に出られたおかげで、フランセットは開放的な気分になっていた。だからこの質問を正面からぶつけることに、ついに成功する。

「殿下の過去の女性関係は、どの程度多かったのですか？」

「え？」

メルヴィンは目を丸くした。

「過去の女性関係？　僕の？」

「ずっと前からお聞きしたかったのですが、なかなか機会を得られなかったんです。つまりは、ものすごく気になっていたことなのです」

「そんなことを聞かれるなんて思ってもみなかったな。びっくりだよ」

「わたしが初恋だとおっしゃりながら、女性の扱いに長《た》けすぎていらっしゃるから、申し訳ないですけれどじつはずっと疑っていました。疑うどころじゃなく確信の段階ですが」

「それは誤解だよ」

メルヴィンはくすくすと笑う。やわらかい瞳でフランセットを見つめながら、じつにさわやかに言った。

「だって僕は、フランセット以外に勃《た》たないもの」

「……」

その発言に、フランセットは固まった。

「……。はい？」

「くわしく説明するとね、……ああ、ちょっと待って。お客さんのようだ」

メルヴィンの表情がふいに一変した。フランセットを背後に庇《かば》いながら、うしろをふり返る。

フランセットはびっくりして、メルヴィンの背中からすこしだけ顔を出した。生け垣の入り口に、ひとりの男性の姿が見える。

「ハイラル公……!?」

フランセットは息を呑《の》む。そこにいたのは叔父のハイラル公ウォーレンだ。

叔父が突然現れたことにも驚きだが、それよりもびっくりしたのは彼の様相だった。フランセットの知る姿より、ずいぶんとやつれている。

すさんだ様子、といったほうが正しいのかもしれない。目の下にはクマがくっきりと浮かび、いつもきちんと手入れされていた髭《ひげ》も荒れている。

いや、しかし。

いまは叔父の様子などよりも気にかかることが、フランセットにはあった。

（わたし以外にた、た、た、勃たないって、いったいどういうことなの……!?）

衝撃発言を叔父にぶつぎりにされて、フランセットは歯ぎしりしたい気分である。

一方でウォーレンは、口もとをゆがめるように笑った。

「ごきげんよう、両殿下」

「叔父上をお招きした覚えはありませんが」

メルヴィンは静かな声で言う。

門衛らが、とまどった様子でこちらへ駆けてくるのが見えた。ウォーレンは、王弟の権力をふりかざして強行突破してきたにちがいない。

「宮の者に送らせます。おひきとりください」

「叔父にむかって冷たいことをおっしゃる。幼いころはあんなにいい御子だったのに、最近の殿下は身内に対してじつに非道であらせられますな」

(家族思いの殿下に対して、なんてことを言うの)

フランセットは怒りでくちびるを噛みしめた。しかし、メルヴィンの声はいたって静かだ。

「どうぞおひきとりを」

「くそっ……」

ウォーレンはくやしげに歯噛みした。メルヴィンのうしろにいるフランセットをにらみつけてくる。

「この女狐《めぎつね》が……! きさまさえ現れなければ、私の計画は順調に進んでいたはずなのだ。我が娘をメルヴィンに嫁がせて、我が家は強大な権力を手に入れるはずだった。小国の、それも年上の王女がこやつをうまくたらしこみおって。いったいどれほどみだらな手管《てくだ》で籠絡《ろうらく》したんだ、この売女《ばいた》がっ!」

あまりの侮辱《ぶじょく》にフランセットはふるえた。どなり返す声が喉もとまで出かかったとき、メルヴィンが動いた。ウォーレンの顔面をつかみあげるようにして口を塞ぐ。

低い声で忠告した。

「それ以上しゃべらないでください。殺してしまう」

ウォーレンの目が、恐怖にひきつった。メルヴィンは彼を力任せにつき飛ばす。

芝生に転がった王弟は、息を乱しながら顔をあげた。その表情は、恐怖と屈辱《くつじょく》に染まっている。

「殺《や》りたければ殺れ！　どうせもう破滅している！　私の周囲を弟たちに探らせているのだろう？　すべて知っているぞメルヴィン！」

「そうであれば話は早い。早晩あなたをお迎えにあがります」

メルヴィンの声は、底冷えするような冷たさだった。

「お覚悟を、ハイラル公。誇り高き王弟の矜持《きょうじ》を示され、みだりに騒がれることのないよう願っております」

「は、誇り高い王弟だと！　メルヴィン、きさまこそ国王のようになるのではないか？　妃をないがしろにして旅芸人の娘に溺《おぼ》れ、子まで産ませて――、きさまら兄弟はそろって父親似だからな！　いいかフランセット、覚えておけ。この男はいつかおまえをうらぎり、別の女を抱くぞ！」

「……」

叔父による会心の一撃であったが、先ほどのメルヴィンの衝撃発言がチラつき、フランセットは微妙な心持ちで沈黙した。

叔父はまだわめいていたが、メルヴィンの指示によって衛兵らにひきずられていった。彼らの姿が見えなくなったところで、メルヴィンはため息をついてフランセットをふり返る。

「ふう、びっくりした。突然湧《わ》いて出たからなにごとかと思ったよ。大丈夫、フランセット？」

「え、ええ、わたしは問題ないのですが」

「あんなふうに好き勝手言わせてしまってごめんね」

申し訳なさそうにしながら、メルヴィンはフランセットの髪をなでる。

「やっぱりまだ塔から出るべきじゃなかったかな」

「いいえ！　ハイラル公のご発言はひどく的はずれで、逆にあくびが出るほど退屈でした。眠気ざましにお散歩を再開しましょう」

「ああ、そういえば散歩どころか話も途中だったね。ええと、僕の過去の女性関係の話だっけ」

フランセットの心臓が飛びあがったが、メルヴィンはいつもの様子で話をつづける。

「僕の過去はきれいなものだよ。あなたに初めて会ったのは、たしか六歳のころだよね。あのときは精通もまだだったけど、五年後くらいにはあなたを思いながらさんざん、」

「ストップ！　そのきれいな顔で、それ以上のリアルネタは厳禁です！」

「そう？　じゃあ端折《はしょ》るけれど、僕はもしかしたら機能不全なのかもしれないんだ。フランセット以外にはすこしも反応しないからね」

メルヴィンは、こちらが見とれてしまいそうなくらいかわいくほほ笑んで、フランセットを見つめてくる。

「だから僕にはフランセットだけだよ。心も体もフランセットしか愛したことがないし、これからだってそうだ」

とろけるような甘い告白に、しかしフランセットは動揺しきりの状態である。

「そ、そんなばかな！」

「嘘《うそ》じゃないよ。どうしたら信じてもらえるんだろう。むずかしいな」

メルヴィンは困ったように首をかしげている。フランセットは頭を抱えた。

「待って……ちょっと待って……。ということは、あれが殿下の初体験だったっていうの？　あれが？　あれで初体験？　そんなことがこの世の中にあるっていうの……!?」

「どうしたのフランセット。もしかして僕、ヘタだった？　本能に従って動いただけなんだけど……だめな夫でほんとうにごめんね」

「本能？　本能の導きだけであんなことやそんなことを!?」

「僕は夫失格だな……。今後は、エスターから教えを受けてもっとがんばるから」

「いえ、これ以上がんばらないでください」

そう訴えるフランセットの表情は、真剣そのものだった。

叔父であるハイラル公がとらえられたのは、それから五日後のことだった。

王太子メルヴィンの名のもとに王弟が捕縛されたという事実は、宮中の一大スキャンダルとなり世間をかけめぐった。王弟が王太子妃に偽りの情報を流し、これを害そうとしたという容疑である。

「これは王室の権威を揺るがす醜聞だ」とほうぼうから王室は非難を受けた。

しかし、当事者である王太子夫妻は冷静だった。

民からのつきあげを真摯《しんし》に受けとめ、貴族らの中傷をほほ笑みで受け流し、たしかな証拠《しょうこ》をそろえて事実だけを淡々と語りつづけた。

そうすることによって、非は全面的に王弟側にあるということが世間に浸透していった。国中を席巻したヒステリックな罵声《ばせい》は波がひくようにやんでいき、一ヶ月後にはもとのおだやかさをとり戻していた。まもなく司法の裁きが始まるが、世論は冷静な目で事件のなりゆきを見つめているようだ。

「国王陛下に拝謁したときに、『できれば早めに譲位したい』って言われてしまったよ」

明るい満月の夜のことである。

ベッドのなかでフランセットを抱きよせながらメルヴィンは言った。フランセットはたくましい腕のなかで口をひらく。

「そうですか……。叔父上の——陛下の弟君の失態でしたからね。かなりこたえていらっしゃったようでしたね」

「そうみたいだね。でも困ったよ。まだ二十年は先だと思ってたから」

「殿下の戴冠《たいかん》に反対する者は、どこにもいないと思いますよ」

「それもどうかと思うけれど」

メルヴィンは苦笑する。

「でもさすがに、あと十年は欲しいな。外交も含めて、地盤固めをもっとしっかりやらないと」

「あいかわらず慎重ですね」

くすくすと笑うと、メルヴィンはくるりと体勢を変えてフランセットを組み敷いてきた。

青い月光に照らされる、きれいな顔立ち。すこしだけせつなさを含んだような瞳《め》に、フランセットはどきりとする。

メルヴィンのこういう瞳に、フランセットはほんとうに弱い。

「ほんとうは、わかっているんだ。あなたを攫《さら》うように連れてきてしまったこと」

サラサラした黒髪の下で、漆黒の瞳《ひとみ》が月の光に溶けていた。

「十四年前の約束を――他愛ない子供の約束を盾に結婚させてしまったことを、わかっているんだ」

フランセットは胸をつかれた。それからくちびるに浮かんだのは、小さな笑みだった。

(ほんとうに、メルヴィンさまは)

くすぐったいようなあたたかい感情が胸のなかにひろがる。

「いまさらなにを言うのです」

「うん、ごめんね。いまさらだね」

「殿下のそういうところ、ものすごーくかわいいですよ」

「まいったな」

メルヴィンのキスがひたいに落ちる。フランセットはそれを受けとめながら、ぽつぽつと語りはじめた。

「十四年前、初めて殿下を拝見したときに思ったんです。なんてかわいらしい王子さまなんだろうって。でも、言葉を交わしてみたらものすごく生意気で、だから結婚の約束も、子供の言うことだからって適当にお返事をしてしまって。……いいえ、ほんとうは、殿下の雰囲気に呑《の》まれてしまったというだけなのですけれど」

けれどそれから、花が届きつづけた。きれいな花が毎日、フランセットのもとに。

「花びらのぶんだけ降り積もるみたいに、わたしの心のなかにすこしずつ殿下が入ってきたんです。十四年後に再会したときは婚約をすっ飛ばしていきなり結婚で、ほんとうにバッタバタだったけれど……。でも、メルヴィンさまをひとめ見てびっくりしました。なんてすてきな男性に成長されたのだろうって思ったから」

メルヴィンのくちびるが頬《ほお》をすべる。彼の手が、花びらを一枚一枚ひろげていくように夜着をとり払っていった。

「こんなにすてきな人、わたしは絶対につりあわないって思ったのです」

「そんなことあるわけがないよ」

なめらかな裸身をいとしむように、メルヴィンの手がすべる。

「僕が贈ったどの花よりも、あなたはきれいだ」

ふっくらした乳房を片手に収められて、ゆるく握られる。かたちをかえて突きでた色づきを、指の腹でくすぐられた。

「ん、……っ」

「ねえ、ほらここも。やわらかな花びらでできているんでしょう？」

メルヴィンは、色づきの輪郭を指先でたどりながら、凝《しこ》りはじめたそれを口に含む。熱く濡《ぬ》れた舌がねっとりとからむ感触に、フランセットは体をふるわせた。

「ぁ、あん……ッ、殿下……っ」

「僕も薔薇《ばら》が好きだよ。誇り高く美しい、フランセットそのものだ」

メルヴィンは、自身の唾液《だえき》に濡れた先端を指先で優しくなでた。快楽にぼやける視界に、メルヴィンの愛撫《あいぶ》を受けて勃《た》ちあがるそれが映った。

もう片方を、口のなかに含まれる。熱い舌にとらえられ、いやらしくなぶられた。

「だ、め……、っあ」

「夜露に濡れた花びらを見せて、フランセット」

すべらかなふとももを這《は》ってきたてのひらが、両脚の奥へふれる。そこはすでに潤みをおびていた。

ピンク色の粘膜を指先であばかれる。空気にふれてヒクつくそこを、彼の指先が這っていった。

「ぁあ、ッん、ひぁ……！」

長くてかたちのいいメルヴィンの指が、なかに深々と差しこまれていく。ぞくぞくとした愉悦に、下肢がとろけてしまいそうだ。

「僕の指はおいしい？」

「そ、んなこと……っ」

「だって吸いつくみたいにからみついてくる。もっと奥に欲しいって言っているみたいだ」

ふくらんだ肉粒のかたちをたどるように彼の指が動く。蜜孔《みつ》に埋めこまれた指が抜き差しされるたび、みだらな水音がフランセットの鼓膜にからみついてくる。

緩慢で優しい愛撫に、体内が甘く崩れていく。

「あ、ん……、ん……っ、メルヴィン、さま……」

「気持ちいい？」

「ん……きもち、いい……、っあ」

敏感な尖《とが》りを守っていた包皮が、優しくむきあげられた。夜気にさらされてふるえるそれを、メルヴィンの指はねもとからていねいになでることをくり返していく。

「ひ、ぁ、あああ……っ」

「かわいい、フランセット……」

陶然としたつぶやきとともに、くちびるに口づけられた。甘くすりあわされたのち、口内をじっくりと貪《むさぼ》られていく。

そのあいだも、下肢の奥で指が抜き差しされ、みだらな尖りはなぐさめられつづけていた。

「ぅん、ん、……ッ」

からみつくような水音が、上と下のどちらから生まれているのかわからない。

甘くせつない愉悦に呑みこまれる。張りつめた乳房をやわらかく揉《も》みしだかれて、先端をつままれ、こすりあわされた。それでフランセットは、全身をふるわせて達した。

「……っ、は、メルヴィン、さまぁ……っ」

びくびくと意志に反して体が何度もふるえる。なにかにすがりたくて、フランセットはメルヴィンのひきしまった胸板に手をついた。そこがしっとりと汗ばんでいることに気づいて、フランセットの鼓動が高鳴る。

メルヴィンの指は、まだフランセットの体内でうごめいている。こぼれそうになった涙を、いとおしげに彼はなめとった。

「あなたを、もっと気持ちよくしてあげたいな」

指が抜きとられた。唐突に空いたすきまに、フランセットのほっそりとした脚がふるえる。声を出す間もなく、フランセットはメルヴィンによってくるりとうつぶせにされた。

「や、なに……っ」

「いつも思ってたんだ。フランセットのお尻《しり》は小さくてかわいいなって」

両ひざをシーツにつかされて、お尻をあげさせられる。フランセットは片頬を枕《まくら》に埋める格好だ。

「で、殿下っ！」

抗議の声は、ぬかるみをするりとひとなでする動きに阻まれた。メルヴィンは、濡れた隘路《あいろ》に指を二本ゆっくりと埋めこみながら、白くて丸いお尻に口づけた。

「っ、やぁ……！　殿下、恥ずかしい、です……！」

「かわいいピンク色が、奥のほうまで見えるよ。ほら……僕の指を、おいしそうに食べてる」

「だめ……っ、音、立てちゃ」

ぬちゅ、くちゅ、と抜き差しされている。フランセットの感じるところをこすっては押しまわし、ギリギリまでひき抜いてからじっくりと埋めこんでいく。

腰がとろけそうなほどの快楽と羞恥《しゅうち》に、フランセットのひざがふるえた。枕の端をぎゅっとつかんで、両脚に力がこもる。

でもそうすると、いますぐにでも達してしまいそうだ。

「メルヴィン、さまぁ、もう……っ、あ」

息を呑んだ。メルヴィンがくちびるをすべらせて、ぬかるみに舌を這わせたからだ。

「や……っ、いや、やめ……っひぁあ!」

蜜を飲むように、きつく啜《すす》られた。彼の両手がお尻にかかり、フランセットの奥を押しひらいている。

あまりの羞恥に肌が焼かれるようだった。それでもフランセットの体は、持ち主をうらぎるように快楽にふるえ、たっぷりと蜜を垂らしつづける。

「どんどんあふれてくる。フランセットの匂《にお》いだ。甘くてとろけそうになる……」

入り口を這っていた舌が、ぬるりと奥へ押しこまれた。蜜をかきだすように舌が動く。指で襞《ひだ》をなでられ、ぐちゃぐちゃにしゃぶりつくようにされて、フランセットは枕を抱きしめてあえいだ。

「ぁ、あああっ! あっ、ん、あ、ひ、も、だめ、だめぇ……ッ!」

崩れ落ちそうになる腰を、力強い片腕で抱えられた。反対の指がぐずぐずになった入り口をいじり、上部にあるふくらみを探り当てる。

フランセットはいっそ、恐怖すら感じた。

「つや」

「あなたのいやらしい声をもっと聞かせて?」

「あ、っん、ぁあッ」

すでにむきだしにされていた快楽のかたまりを、えぐるように押しつぶされた。同時に三本の指を深々と穿《うが》たれて、フランセットの体が大きくはねる。

「つあ、あ、いや、も、あああっ！」

達したのに、終わらない。彼の指をぎゅうぎゅうに食いしめているのに、メルヴィンは三本のそれをさらに奥へ押しこんでいく。

「つひ、あ、ああ、待っ……！」

「ああ、そう、ここだ。このやわらかいところ。フランセットが好きなところ、僕も、さわり心地が大好きだよ」

ひときわ弱いその場所を、くり返し揉みこまれる。出し入れされるときの擦過《さっか》にたえきれない。ふくらみきった尖りはずっとなでまわされていて、達しているさなかの体を責めさいなんだ。

フランセットはだらしなくひらいた口もとから唾液を垂らし、白い枕を濡らしていく。定まらない視界で、必死で首を動かして、背後のメルヴィンをふりあおいだ。

「は、ァ、も、つめ、殿下ぁ……ッ！」

「かわいい顔」

情欲にたぎった漆黒の双眸《そうぼう》に、フランセットはぞくりとする。

「もっと欲しい。あなたの声も、表情もぜんぶ」

指がひき抜かれて、代わりにあてがわれたものに、フランセットの喉《のど》がふるえる。

「ひとつ残らず、すべて僕のものだ」

みだらにかすれた彼の声が、鼓膜をなでる。

つきだした白いお尻をてのひらでゆっくりと愛《め》でながら、メルヴィンはずくりと腰を押し進めた。

ぞくぞくと背すじを駆けのぼる、甘すぎる快感。

「ア、あ、あああ……っ」

「っ、は。フランセット……」

力の入らない腰をつかむメルヴィンの手、それが熱い。半《なか》ばまで埋めこまれた昂《たか》ぶりに、ひといきに奥までつらぬかれた。

枕に押しつけた頬がずりあがる。フランセットはリネンの端をつかんだ。またつきあたりを穿たれて、脳内が快楽に溺《おぼ》れていく。

「っあ、ん、ひ、う……っ!」

メルヴィンの性にかきだされたフランセットの蜜が、両脚を濡らしていく。グチュグチュといやらしい水音が、清浄な月光にからみついていく。

腰をつかんでいたメルヴィンの手が、くびれた部分をたどりながら、シーツとフランセットのあいだに差し入れられた。寝台につぶれた胸のふくらみを掌中《しょうちゅう》に収められ、揉みしだかれる。赤く凝った先端を意図を持ってこすりあげられて、フランセットはぞくぞくとした快感に身をふるわせた。

「や、だめ、そこ……、っんん……!」

ぐっと腰が押しつけられた。いちばん奥の感じるところをえぐられて、そこから彼がひいてくれない。

執拗《しつよう》に固い先端を押しつけられ、フランセットは愉悦にあえいだ。自分の腰が動く。気持ちいいところにあたると、めまいに襲われるほどだ。

だから、みだりがましく彼の腰に自分を押しつける動きが、とまらない。

「っあ、メルヴィンさまぁ……、ひ、ん、あぁぁ……っ」

「いやらしい」

乱れた息の下、喉の奥で彼が笑う気配がした。羞恥を感じるまもない。胸の先をつままれながら、快楽にふるえる子宮の底をえぐられた。

「――ッ!」

びくんと体がおおげさにはねる。目の前が真っ白になり、思考が断ちきられた。

自分の声すら遠い。けれど彼の体温だけは鮮明だった。

「――フランセット」

肩をつかまれて、くるりと体勢をかえられた。見あげた先にメルヴィンの瞳がある。欲情しきった獣の目だ。

ぞくぞくする。

「愛してる、フランセット」

抜けかかった熱源が、またじっくりと埋められていく。襞をぐちゅぐちゅと愛でられていく感触に、フランセットは息をつめた。メルヴィンのたくましい腕に、つめを立ててしまう。

彼の顔がゆがんだのは、けれど痛みのせいではないだろう。

「愛してるよ」

その言葉を告げるとき、メルヴィンの瞳はいつもせつなさをはらむから。

彼の熱い吐息がくちびるにふれる。口づけが落ちた。すりあわされて、食《は》まれて、甘く噛《か》まれる。彼の腰がぬちゅぬちゅと律動をくり返している。

「ん……っ、ぅん、ァ……」

「フランセット……」

フランセットのくちびるを指先でいとしげにたどる。緩慢に出し入れされる熱が、体内にたまる熱を押しあげていった。

「ずっとあなたのものでいたい。あなたといっときも離れたくないんだ」

メルヴィンの漆黒の瞳が月の光に照らされている。それがとてもきれいで、悲しかった。

「メルヴィンさま……」

恋情と、愉悦と、せつなさと。いろんなものが溶けあって光る彼の瞳が、いとしかった。

(この人は、決して、特別なんかじゃ)

光のなかをずっと歩いてきたのかもしれない。

けれど、明るい場所だからこそ、あらゆるものが見えるのだろう。

見えてしまうのだろう。

「好き、です、メルヴィンさま。大好き」

ぐ、と押しつけられて、フランセットは、やわらかい場所で彼の情動を受けとめる。理性の及ばない熱量をやわらかく抱きこむように、メルヴィンの全身を包んであげたかった。

両腕できつく抱きこまれる。体の奥に押しこまれたメルヴィンの性が、フランセットを穿っていった。情欲に濡れてやわらかく潤みきり、愉悦にむせびながらフランセットは絶頂に達した。

「っア、ああぁっ！」

大きくふるえる体をたくましい両腕で抱きしめられる。メルヴィンの熱い肌がすきまなく押しつけられて、体内に彼の情動が放たれる感覚を覚えた。

熱い息を吐くメルヴィンの背が、荒く上下している。ゆっくりと抜き差しをくり返し、それからメルヴィンは、フランセットのなかから己を抜きとった。いとしげにフランセットの背をなでて、乱れる息の下、彼はくちびるに口づける。

「ん……っ、メルヴィン、さま」

「フランセット、もっと。口をあけて」

渇《かつ》えた獣のように、メルヴィンはフランセットを求めた。舌を差し入れて、あらゆる場所をなめとり、あふれる唾液を飲みこんでいく。

その激しさは、悲しさに似ている。

（夫婦を教えてと、殿下は言った）

僕にはわからないから、と。

メルヴィンはきっと、手探りでつかんで抱きよせて、深く口づけているあいだも、たしかなものを感じられなかったのだろう。

「メルヴィンさまから、ずっと、離れないから……これ以上、不安にならないで」

失う予感にとらわれているから、そばにいてと訴えるのだ。

そばにいてくれるだけでいいと、願うのだ。

メルヴィンがゆっくりと目を見開いた。汗の流れ落ちる彼の頬に、フランセットはてのひらをそえる。

「ずっと、いっしょにいるんです。ずっと手をつないで、となりにいるんです。それが夫婦でしょう?」

メルヴィンが自身のくちびるを噛んだ。きれいな瞳がせつなくゆがむ。

もしかしたら彼は、父親のうらぎりを最後まで許せなかったのかもしれない。

けれど、腹ちがいの弟をメルヴィンがどれほどかわいがっているか、それがフランセットにはわかるから。

(きっと、教えなくても大丈夫)

家族を、夫婦を、メルヴィンはちゃんと知っている。本人が気づいていないだけだ。

「死ぬまで。死んでからも永遠に、いっしょにいるんです。だからなにも怖いことなんてないわ」

ぽつんと、フランセットの頬に落ちたものがあった。それにふれようとした彼女の指を、メルヴィンはつかんでとめた。

「……これまで、どうやって」

メルヴィンからかすれた声がこぼれる。フランセットの頬に落ちた自分の涙を指先で拭《ぬぐ》って、メルヴィンは言う。

「これまでの十四年間、あなたがとなりにいないで、どうして生きてこられたのかわからない」

彼のてのひらがフランセットの頬をなでる。

「フランセットなしでは、生きられない」

喉の奥から絞りだすように言って、メルヴィンはフランセットの首すじに顔をうずめた。ふるえる吐息が、フランセットの肌にふれる。

フランセットは両腕を伸ばして、メルヴィンを抱きしめた。

「愛しています、メルヴィンさま」

想いをこめて伝える。メルヴィンのくちびるが頬をすべり、フランセットのそれにやわらかく重なった。

「フランセット」

いとしさに満ちたささやきがくちびるにふれる。すこしだけ離れて、メルヴィンはフランセットを見下ろした。フランセットの大好きな、おだやかで優しいほほ笑みだった。

「十四年前からずっとあなたを愛してた。だからもう一度言わせて。いとしいフランセット、あなたは、僕の最愛の花嫁になってくれますか?」

「喜んで」

くちびるがゆっくりと重なりあう。

きっと今夜は、これまで生きてきたなかでいちばんすてきな夜になるだろう。

後日談　超肉食系わんこ

近ごろ夫がかわいくてしかたがない。

そうたとえば、とんでもなく自分になついてくれている血統書付きの仔犬《こ》のようだ。フランセットは幸福感に満たされながら、そう思った。


叔父の事件から三ヶ月ほどが経《た》ったころのことである。

季節は夏まっさかり、二人分の冷たいレモネードがガーデンテーブルに並べられている。王太子宮の中庭、芝生の木陰にシートを敷いて、フランセットとメルヴィンは午後のひとときをすごしていた。

「午前中のお仕事はいかがでしたか？」

ひざの上に乗っているかたちのいい頭をなでながら、フランセットは尋ねる。ごろんと寝転がっているメルヴィンは、「うん……」とぼやけたような声で答えた。

「南方で、農作物が不作の地域があってね。そこの領主が、税率を一時的にでもいいから減らしてほしいと、要望を出してきたんだ。了承するのはかんたんだけど、そうすると周囲の民たちが自分たちの税も下げてくれと訴えてくる。だからまずは調査団を編成して、様子を見に行かせようと思って。でもそれだと、後手にまわりっぱなしで迅速《じんそく》さに欠けるでしょう？」

「そうですね……。税率を下げてほしいという要望が出る前に、国が率先してその地域で公共事業を行い、民に農業以外の仕事を与えるなどの救済措置をとったほうがよかったのではないかと思います」

「だよねえ。情報が中央まで届くのに時間がかかりすぎているんだよね。そのあたりのつくりを変えていかなくちゃな」

「今回は調査団を派遣するしかないようですね。もしよかったら、わたしが名代として立ちますよ？」

フランセットの申し出にメルヴィンは眉《まゆ》をよせた。

「いきなりなにを言いだすかと思えば。だめだよフランセット、行かせられない」

「国内の様子を見てみたいのです」

「だーめ」

フランセットのひざまくらから見あげながら、メルヴィンは、流れ落ちるプラチナブロンドを指にからめた。

「あなたは僕の近くにいてくれないとだめだ。さみしいよ」

髪に口づけられて、フランセットの鼓動がはねる。

黒水晶の瞳《ひとみ》に木もれ日がさして、美しくきらめいていた。

「メルヴィンさま……」

「返事は？　フランセット」

問われて、フランセットはうなずくしかない。

「わかりました。フランセットは、殿下のおそばにおります」

「ありがとう。大好きだよ」

メルヴィンはほほ笑んで、すこしだけ身を起こしフランセットのくちびるにキスをする。やわらかな甘みをそこに残して離れていき、ふたたびフランセットのひざに頭を乗せた。

小鳥が鳴いている。風が吹き、葉ずれの音がして、メルヴィンは目を細めた。フランセットは、くせのない黒髪に指をさしこんでそっとなでる。

「午後の会議までひと眠りされたらいかがですか」

「うん……。そうしようかな」

小さな声で言って、メルヴィンはもぞもぞと動いて体を丸めた。しばらくすると、規則正しい寝息が聞こえてくる。

(あっというまに寝てしまったわ)

よほど疲れていたのだろう。フランセットとしては、部屋に戻ってベッドで仮眠することを勧めたつもりだったのだが、しかたがない。

さらさらしたメルヴィンの髪をなでる。なめらかな頬《ほお》と、きれいなかたちをしたくちびる。とざされた白いまぶたから、長いまつげがすっと伸びている。

フランセットはしばし、夫の美しい寝顔にみとれた。

(きれい……、というか、それよりも)

指どおりのいい髪を梳《す》く。無防備な寝顔も、安心しきって身をゆだねてくるところも、そばにいてと訴えてくる声やまなざしも。

(なにもかもが、最上級のかわいさだわ……!)

フランセットは、年下夫の愛らしさに身もだえしそうになった。

結婚当初はメルヴィンに振りまわされっぱなしだったフランセットも、環境に慣れてきてからはすっかり落ち着けるようになっていた。心に余裕をもって接すれば、メルヴィンのなんとかわいらしいことか。

（こうやって仔犬みたいに甘えてくるし、すねたようにわがままを言うし、ときには仕事の相談をしてくれたりもする。わたしを塔のなかに押しこめた人とおなじ人物だとはとても思えないわ！）

あのときあきらめずにがんばってよかった……。フランセットは、我が身の幸福を噛《か》みしめながら、過去の自分を褒めたたえた。

大きな山を乗り越えたいま、メルヴィンは、フランセットに完全に心をゆるしてくれている。こうやって、ひざまくらでお昼寝するメルヴィンを眺めていると、彼がいとおしいという気持ちで満たされていくのだ。

年下夫ばんざい。持つべきはかわいい夫である。自分のような長女気質の人間にとってはとくにそうだ。

おだやかな時間が過ぎて、会議の時間が迫ってきた。フランセットはメルヴィンをそっと揺り起こす。

「おはようございます殿下。お時間ですよ」

「んー……もうあとすこし」

メルヴィンはもぞもぞしながら言う。フランセットはさらにめろめろになってしまう。

「殿下はほんとうにかわいらしいですね」

「ええ、かわいいかなぁ」

目をこすりながら、メルヴィンが不満げな声をあげた。そのままのそのそと身を起こす。

フランセットは彼をのぞきこんだ。

「男性はやっぱりかわいいと言われたくないですか?」

「別に、そんなことはないけれど。フランセットには前にも言われたことあるしね」

メルヴィンは、大きく伸びをしたあとに笑みをむけてきた。

「どんな言葉であれ、あなたに褒められるのはうれしいよ。でもすこしだけうしろめたいかな」

どうしてうしろめたいのかわからなくて、フランセットは首をかしげた。メルヴィンは、フランセットの頬に「いってきます」とキスをして、宮のほうへむかっていく。

(よくわからなかったけれど、まあいいか)

この幸せな日々がずっとつづきますように。どうか、かわいいままの殿下でずっといてください。

夫を見送りながら、フランセットはそう思った。


「ふうん、それはそれは幸せそうでなによりね」

じつに面白くなさそうな様子で言うのは、フランセットのいとこ・アレットである。旅行好きの夫とともに、ウィールライト王国に短期間滞在しているのだ。

フランセットが嫁いだことによって、ロジェ王国とウィールライト王国の国交は太くなった。この期を逃《のが》すまいとして、野心家の父は、ロジェの貴族がウィールライトへ旅行しに行くことを勧めている。現地の貴族と彼らが親交を深めてくれれば、よりいっそうウィールライトとのつながりが強化されるからだ。

　ということでアレットは、夫が、こちらの国の紳士とサロンに出かけているあいだ、王太子宮に顔を出しに来たのである。ちなみにここは、中庭に面したテラスだ。

　フランセットは、悪友でもあり、昔なじみのいとこでもあるアレットにむけて口をひらいた。

「ここまでくるのにいろいろあったけどね。ほんっとうにいろいろとたいへんだったけれどね……」

「うわさ程度には耳に入れているわ。ロジェの国王陛下がメルヴィン殿下にお金を無心したことがきっかけだそうね？」

　フランセットは、冷たいマスカットティーを口にふくんだ。

「そうなのよ。だから事件のあとに、お父さまには長々とした書簡をお届けしたわ」

「要約すると？」

「今後一切、娘の婚家にお金をせびるようなまねをしないように」

「正論ね」

　アレットは、気のなさそうに肩をすくめる。

「それで、事件を乗り越えた新婚夫婦は、ますます絆《きずな》を深めて蜜月《みつげつ》の夏まっさかりというわけね。この暑いときにお疲れさま。夜があんまり激しすぎて脱水症になったりしないようにね」

「ちょっと、下品なこと言わないでよ」

　フランセットがお茶をこぼしそうになってしまうと、アレットはあきれたように言う。

「あいかわらずフランセットはお上品なのね。この程度の猥談《わいだん》、夫人のあいだじゃ当然でしょ？」

「それはそうだけど」

フランセットの気のいい友人たちは、おっとりした口調で「御子のできやすい体位をお教えしますわ」などとぶっこんでくるのである。

しかしフランセットは、眉《まゆ》をよせたままつぶやいた。

「昔から知ってるあんたからそういう話を聞かされたくないの」

フランセットって昔からそういう潔癖なところがあるわよね。おもしろいわ」

アレットは、フランセットをからかうネタを見つけたからか、とたんに生き生きとしだした。

「それで、どうなの？　あんたのかわいい年下夫は、夜もおなじくかわいいの？」

「……。答えたくないわ」

「言いなさいよ。のろけにとことんつきあってあげるから」

「だから答えないって言っているでしょ」

「あの王太子殿下なら、過去にさぞモテたでしょう？　夜技を相当磨いていそうなのだけど、そのあたりはどうなの？」

フランセットはアレットをにらんだ。

「殿下は遊び人ではないわ」

「あからさまに遊んでいなかったとしても、並の紳士よりは経験を積んでいるでしょう？」

「じつはわたしも、最初はそう思っていたのだけど、でもちがうのよ。勘ちがいだったの」

「いいえ、あの容姿とあの優しげな物腰に、ウィールライト王国の王太子っていう肩書きがくっついているのだもの。あんたの言う下品な表現とやらを使うなら、入れ食い状態にちがいないわ」

「それは殿下に対する冒涜《ぼうとく》ね！」

フランセットは勢いよくグラスを置いた。聞き流して話題を変えようと思っていたが、ここまで言われたら黙っていられない。

「メルヴィン殿下はまじめなの。女遊びなんてまったくしていないわ！」

「そう信じたいのもわかるけれど……」

アレットは、哀れなものを見るような目つきである。

「現実を見たほうがいいわよ。メルヴィン殿下のような最良物件が、これまで手つかずで放《ほう》っておかれたはずないじゃない。別に悲観することなんてないのよ。殿下のいちばんの愛妻は、いまはフランセットただひとりなんだから」

「ほんとうよ、わたしはちゃんと現実を見ているわ。だって殿下は、わたしが初めての相手だっておっしゃっていたのよ！」

「えっ？」

「あっ」

フランセットは口もとを押さえた。あまりに腹が立って、口をすべらせてしまった。

頬を赤くさせながら、フランセットは気まずい気分になる。

「ごめんなさい、いまのは聞かなかったことにしてもらえる？」

「フランセット……あんた……」

アレットはどうしてか、ますます哀れみを増したまなざしをむけてきた。

「かわいそうに……そんな嘘《うそ》を信じているなんて。メルヴィン殿下も、よくそんなことが言えたわね。

潔癖なフランセットを落とすためなのだろうけれど、そんなあからさまに嘘とわかる嘘をつくなんて、お顔の皮がさぞ厚いのでしょうね……！」

「いえ、だから、嘘じゃなくて」

「いい？　フランセット、よく聞いて。たいせつなことを教えてあげるわ」

アレットは、フランセットの肩をつかみつつ真剣な表情で告げる。

「地位と名誉と容姿と性格にめぐまれた男性が、二十歳になるまで童貞であるという可能性はゼロよ」

「ぜ、ぜろ？」

アレットは深くうなずく。フランセットは、あせりながら反論した。

「でも、殿下は性格にはめぐまれなかったような気がするのだけど……ほら、ちょっと、あれだし」

「ちょっとあれかもしれないけれど、暴言を吐いたり暴力をふるったりしないから問題ないわ。第一、おだやかにしていれば仔犬みたいにかわいいいんでしょう？」

とまどいながらもフランセットはうなずいた。確信を込めたようにアレットは言う。

「それならやっぱり入れ食いよ」

「い、入れ食い……」

「あんたは賢いのに、こういうことになるとからきしだめね。男というのは口がうまいのだから、だまされないように注意するのよ。かわいい年下わんこというのだって、もしかしたらそう装ってるだけかもしれないのだから」

フランセットは衝撃を受ける。

「そ、そうなの……!?　あの幸せなひとときすら偽りだったということになるじゃない！」

「その可能性もあるということよ」

動揺の抜けきらない頭のなかで、フランセットは考えこんだ。

（アレットの言うように嘘なのかしら。メルヴィンさまが、自分の一途さをアピールするためについた嘘？）

だから、庭でメルヴィンは「うしろめたい」と言ったのだろうか。

たしかに最初はフランセットも、メルヴィンは女性関係が派手なプレイボーイだと思っていた。

それをメルヴィンがきっぱり否定したから、フランセットは信じたのだが……。

（言われてみれば、わたし以外にはた……勃《た》たないって、おかしいわよね。男として、きっとおかしいことよね）

アレットの言うとおり、自分はだまされているのだろうか。

フランセットは、もやもやした気分を抱えながらマスカットティーを喉《のど》に流しこんだ。


「なんだかすごい話題だな」

廊下を偶然通りかかったメルヴィンは、ひらけたテラスの手前で立ち止まっていた。盗み聞きをするつもりはなかったが、動揺したフランセットの声が聞こえてきたので思わず耳をすませてしまったのだ。

不穏な会話を交わしているふたりのうしろ姿を見ながら、苦笑まじりのため息をメルヴィンはこぼす。

「フランセットのことだから、このことについて絶対に今夜聞いてくるだろうし」

白黒をはっきりとつけたがる性格なのだ。そういう凜々《りり》しいところも、メルヴィンは大好きだった。

「さて、どうしようか」

身の潔白を証明するための算段を――すべてがシロというわけでもないのだが――メルヴィンはつけはじめる。


その夜、夫婦の寝室において、ベッドに座り込むかたちでフランセットはメルヴィンとむきあった。

「おやすみ前に一点だけお聞きしたいことがあるのですが、いいですかメルヴィンさま」

「うん、もちろん。なんでも聞いていいよフランセット」

にこにこ笑ってメルヴィンはうなずく。

その様子は仔犬みたいでやっぱりかわいいが、風呂《ふろ》あがりの濡《ぬ》れ髪にガウン姿というのがとんでもなく色めいていて、その絶妙なバランスにフランセットの頬が熱くなってしまうのである。

ここでぽーっとみとれてしまってはいけない。フランセットは気をひきしめて、メルヴィンを見つめた。

「メルヴィンさまにはほんとうのことを答えてほしいのです。怒りませんから、真実だけを教えてください」

「うん、わかった」

なんだか苦笑めいた表情を浮かべながらメルヴィンは言う。フランセットは、身を乗りだすようにして尋ねた。

「メルヴィンさまは、ほんとうに、ど、どどどど」

「ど？」

「ど……どう……どう、て……」

「ああ、童貞？」

「そ、そう、それです！」

顔が真っ赤になっているのが自分でもわかる。こういうときに年上の貫禄《かんろく》を見せたい気持ちはあるのだが、色事について素人《しろうと》もいいところなのでどうにもならない。

一方でメルヴィンはさわやかにほほ笑んだ。

「うん、童貞だったよ。あなたとセックスするまではね」

「で、殿下。お願いですからもうすこしぼかした表現をとっていただけませんか」

「どんな言いかたをしてもおなじだと思うけどなぁ」

フランセットはせきばらいをして心を落ち着けた。

「殿下はわたしと結婚する前、女性にたいへん人気だったとお聞きしています。だから、ほんとうに経験がなかったのかなと疑問に思ったのです」

「僕の言うことをフランセットは疑っているの？」

表情豊かな王太子は、みるみるうちにしょんぼりした様子になっていく。フランセットはあわてた。

「メルヴィンさまを疑うなど！　そういうことではなく、ただ疑問に思っただけです」

「ああなるほど。それがフランセットの言う『すこしぼかした表現』というものなんだね。勉強になるよ」

「……。メルヴィンさま、怒ってます？」

めずらしくいやみな返しをされたので、フランセットはおそるおそる聞いた。メルヴィンは肩をすくめる。

「そうじゃないんだ。フランセットが、僕の言葉よりもアレット嬢のほうを信じそうになっていることが悲しいんだよ」

「えっ？　殿下、わたしたちの会話をまた盗み聞きしたのですか!?」

「うん。だからお互いおあいことということで、僕も誠意を見せるよ」

メルヴィンはおもむろにベッドから下りて、ライティングデスクの引き出しから一枚の厚紙を取りだした。

「見て、フランセット。この絵なんだけどね――」

「なっ、なんですかその卑猥《ひわい》な絵は！」

ベッドに座ったままフランセットはあとずさった。

メルヴィンが手にしていたのは、ナイトドレスをなまめかしくはだけさせた女性が、筋骨たくましい裸の男性とからみあっている絵だった。ベッドの上で、一心不乱《いっしんふらん》に行為に及んでいる様子のふたりは生々しく彩色されており、非常に扇情的である。

フランセットが、頬を真っ赤にさせて絶句していると、メルヴィンがごく自然な表情でベッドに乗りあげてきた。

「ち、ちょっと待ってください殿下。そんないやらしい絵をこっちに持ってこないでください」

「でも、いやらしい絵じゃないと意味がないから……。これはね、女性の表情と体位、それに服の乱れぐあいが絶妙で、だからどんなに淡泊な男でも反応するだろうってエスターが公認した絵なんだけどね」

「いったいなんの公認ですか！」

この兄弟はやっぱりおかしい。フランセットは、卑猥きわまりない絵から必死で目をそらした。

メルヴィンから、感心したような声が聞こえてくる。

「フランセットがここまで反応するということは、人の性感を相当刺激する絵なんだろうな」

「こ、この行為は、たとえ夫婦の間柄といえど問題ですよ殿下……！」

「ああ、ごめんね。フランセットを恥ずかしがらせようと思って見せたわけじゃないんだ。これは僕自身の証明になるかなと思って。絵はもうベッドの下に隠したから、もう顔をあげていいよフランセット」

言われて、フランセットはびくびくしながら視線を戻した。メルヴィンは、申し訳なさそうにしながらもほほ笑んでいる。絵はたしかに隠されたようだ。

「本当にごめんね。でも、証明したかったんだ」

「な、なにをですか……？」

「僕が、あなた以外のすべてのものに欲情しないということを」

ひろいベッドに乗りあげたまま、両手を前についてメルヴィンはフランセットに顔をよせた。

「フランセットがこんなに頬を赤くする絵を見ても、僕はなんとも思わない。だってこの絵にえがかれている女性はあなたじゃないもの」

「そんなこと――、見た目だけでは、わからないじゃないですか」

とっさに身をうしろにひきながらフランセットはなんとか反論する。メルヴィンは、ふと笑みを深めた。

「わかるよ。さわってみたらわかる」

「さ、さわって？」

「手をかして。ほら、僕のここにふれてみたらわかるから」

メルヴィンのきれいな手に右手をとられてしまい、フランセットはベッドの上で飛びあがった。

「だっ、だめです！　いやです、さわりません！」

「大丈夫、こわくないよ」

言葉だけを聞いているとただの変態男だが、実際は、とろけるようなかわいいほほ笑みがついてくるのである。これは反則だ。

「身の潔白を僕は証明したいだけなんだ」

「で、でも……でも」

「フランセットは僕を疑っているんでしょう？　夫としてとても傷ついているんだよ」

「それは……そうかもしれないですけど」

「お願いだよ、フランセット」

弱々しい声をここで出されてしまったら、フランセットとしてはたまらない。姉御肌の気質が疼《うず》き、そして、夫を信じきれないといううしろめたさに襲われて、次の瞬間フランセットは覚悟を決めた。

「わ――わかりました」

眉間《みけん》に力をこめて、フランセットは告げる。

「まことに恐縮ながら、失礼いたします！」

速《すみ》やかに事をなすため、右手を伸ばしてガウンの上からメルヴィンのそれをフランセットは思いきり握りこんだ。

ぐにっとした感触がてのひらに返ってくる。

「!?」

「いたた。痛いよフランセット」

「えっ、ちょっ、メルヴィンさま。こ、これ、これ」

動揺しきってフランセットは手を離した。いまさっきてのひらで感じ取った、ありのままの状況を訴える。

「ちゃんとしっかり大きくなってるじゃないですか！」

「えっ、あれ、おかしいな」

「あのいやらしい絵にばっちり反応しているじゃないですか！　わたしにしか欲情しないというのはやっぱり嘘だったのですね！」

「いやいやちがうよ、やっぱりこれはフランセットのせいだよ。だって――」

「言い訳はけっこうです。いいですか殿下、わたしはべつに、殿下の昔の女性関係がどうだったかということをいまになって蒸し返すつもりはないのです。ただ、嘘をつかれたということがショックなのです。こんな嘘をつかれるなんて……こんなどうしようもない……男性の人体の法則をまるきり無視するような、しょうもない嘘を……」

言いながら、フランセットはどんどん元気をなくしていく。がっくりとうつむくと、ごく近くから自嘲《じちょう》まじりの声が聞こえてきた。

「あのね、フランセット。聞いてくれる？」

「……。なんですか」

「僕にふれてくる前に、あなたが頬を赤く染めて、目に涙をためながら、僕から逃げるようにしていたでしょう？」

「……そうですね」

それがいったいなんだというのだろう。うつむいたまま声だけ返すと、ふいに二の腕をつかまれてシーツにひき倒された。

「きゃ……！」

「僕はね、フランセット。そういうあなたに欲情したんだよ」

組みしかれて、真上からメルヴィンに見下ろされる。フランセットは、急に視界を反転させられて頭のなかがくらくらしていた。

「フランセットはずるいな。いっときでも僕を正気のままでいさせてくれないなんて」

「で、殿下、いったいなにを——、っん」

微熱をおびたくちびるに口づけられて、フランセットは目を見開いた。

「うんん……っ」

「——は、フランセット……」

角度を変えるあいまに、熱いささやきがくちびるに溶ける。

性急なしぐさでネグリジェごしに体をたどられて、フランセットは身をふるわせた。

「待っ……っ、ぁ、ん……ッ」

「ねえ……フランセット。誤解を解くのは次の機会でもいい？　いまはもうどうでもいいんだ。いまはただ、あなたの体を味わいたい」

「で、でも、わたしはまだ納得してないです……っ」

「あなたは、僕のことをかわいい仔犬だと言っていたけれど」

余裕のない笑みを浮かべながら、フランセットのネグリジェをメルヴィンは肩からひき下ろしていく。

「僕は、与えられたえさを食べるだけでまんぞくする飼い犬じゃないよ」

濡れた舌で首すじをなめられて、ぞくぞくとした官能が腰にまで伝わる。

フランセットは、熱い吐息をこぼしながら、メルヴィンのガウンにすがるように指をかけた。

「っ、メルヴィン、殿下……」

「僕のことをかわいがってくれているときのフランセットは、とってもやわらかな笑顔をしているんだよ。そんなあなたがかわいくて、このままずっと僕の髪をなでていてくれたらいいとも思うけれど」

むきだしにされた乳房を大きなてのひらが覆う。じっくりと揉《も》まれて、とろけるような快感がにじんでいった。

「や、ぁ……っ」

「でも、かわいさが高じると、あなたをまるごと呑《の》みこんでしまいたくなる。それを必死で抑えているから、うしろめたい気持ちになるんだ。ねえフランセット、いますぐここに僕をねじこんでもいい？」

下肢の奥にある花びらにメルヴィンの指がふれる。とじた媚肉《びにく》をくつろげていくようにまさぐられて、フランセットはたまらない愉悦に肌を粟立《あわだ》たせた。

まもなく、いやらしい水音が立ち始める。

「あなたのみだらな部分は、こんなにも僕の指になじんでるよ。ほら、少し入れただけでからみついてくる」

「そ、んなふうに、言わないで、くださ……っ」

「溶け崩れてしまうくらいぐちゃぐちゃにしてあげようか。何度でもイかせてあげる。指でいじって甘い蜜《みつ》をかきだして、舌でなめて味わって――、ふふ、かわいい。僕の指をきゅうきゅう締めつけているよ。気持ちいい？」

ぐちゅっ、ぐちゅっといやらしい水音が夜の静寂にからみつく。

体の芯《しん》がとろけていくような快楽に、シーツの上でフランセットは身をよじらせた。

「ぁあ……ッ、ん、殿下ぁ……っ！」

「この赤いくちびるからこぼれるかわいい声も、ぜんぶ僕のものだ」

は、と熱い吐息がフランセットのくちびるにふれる。深く口づけられて、ねじこまれた舌に口内を犯されていった。

蜜肉をつらぬく指が増やされる。弱いところをこすり立てられて、快楽にわきたつ膣《ちつ》壁が、彼の指を締めつけていく。

体内でふくれあがる淫《いん》熱が、フランセットの思考回路を焼いていった。メルヴィンから与えられるみだらな愛撫《あいぶ》、そのとほうもない気持ちよさが体を波立たせる。

「ひぅ……っ、ん、ん……！」

「夜はまだ、これからだから――」

メルヴィンの呼吸が乱れていて、フランセットは彼の興奮を感じとる。メルヴィンのガウンはすっかりはだけていて、たくましい体にかろうじてひっかかっているだけだった。

さらさらした前髪の下で、漆黒の瞳が情欲に濡れ光っている。メルヴィンの性がふとももに直接こすりつけられて、フランセットはびくんと脚をふるわせた。

「最初に一度挿《い》れさせて。少し早いけど、もう限界なんだ」

「あ、待ってくださ……ッぁ、あ……！」

ずぶずぶと、圧倒的な質量が隘路を押しひろげていく。体熱と愛液にとろけきった膣孔が、獰猛《どうもう》な欲望にゆっくりとつらぬかれていく。

敏感な蜜襞《ひだ》を、硬い凹凸《おうとつ》にこすりあげられる感覚がたまらない。フランセットは腰をびくびくとふるわせてあえいだ。

「……っあ、ん……ッ」

「ああ……あなたのなかは、気持ちがいいな」

陶然と告げながら、メルヴィンの両手がフランセットの細腰をつかむ。ぐっと引きよせられて、先端が最奥に押しつけられた。そのままとどまって、弱い部分をごりごりといじめられてしまう。

「やぁあ……っ！　待って、って、言ったのに……っ」

「ッ、大丈夫だよ、フランセット」

欲情しきった声でメルヴィンがささやく。

「あなたが、僕のこれだけじゃなくて指も舌も大好きだって知ってるよ。だから、一度なかに出したあとで、この花びらをたくさんいじってあげる」

「ちが……ッ、そういう意味じゃ」

「僕も一度だけじゃ足りないよ、フランセット……」

弾力のある淫襞をぐちゅりぐちゅりと味わいながら、メルヴィンはフランセットに覆いかぶさった。淡く口づけながらささやく。

「もっとたくさんあなたが欲しい。大好きだよフランセット。あなたのお腹《なか》のなかを、僕でいっぱいにしてあげる」

劣情と恋情に満ちたメルヴィンのまなざしが、フランセットの素肌をちりちりと焦がしていくようだった。

ぐっと奥深くまでねじこまれて、フランセットの視界が明滅する。くちびるを奪われて、乳房をつかんだてのひらに揉みしだかれて、体内でふくれあがっていた熱が弾《はじ》けた。

「……ッ」

絶頂に達し、けれど嬌声《きょうせい》は激しいキスにすべて呑まれた。メルヴィンの性を食いしめる膣肉、その奥で、彼の欲望が吐き出される。

「……っ、く」

耳もとで、メルヴィンのうめき声が聞こえた。

びくん、びくんとはねる細腰を、熱いてのひらがゆっくりとなでていく。

「フランセット……」

ゆるんだ欲望がずるりと抜きだされて、彼の熱いくちびるが、頬やひたい、くちびるやうなじに落とされる。

「ん……、メルヴィンさまぁ……」

「かわいい――ねえ、もう一回しよう？」

「いや、です……もう、むり……」

「疲れたなら回復させてあげるから」

抱きしめてくる強靭《きょうじん》な両腕から、ひんやりとした心地よさが流れこんでくる。フランセットは顔色を変えた。

「だ、だめです、だめ！」

「ほら、元気になってきたでしょう？」

「そういう問題じゃな――、っや、ん、そこさわらないで……っ！」

「僕とあなたの体液がまざりあってぐちゃぐちゃだ。とってもいやらしいよフランセット。ものすごく興奮する」

「もう、これ以上、興奮しなくてもいいです……ッ」

ふたたびのしかかってくる夫に体の自由を奪われて、その上くちびるまで奪われながら、フランセットは確信した。

自分の夫は血統書付きのかわいいわんこなどではない。超肉食系の大型犬であると。

メルヴィンの過去の女性関係とか、童貞か否かなどという問題は、いまとなってはもうどうでもよかった。

フランセットはただ、夫の獰猛で膨大な量の愛欲を受けとめることで精いっぱいの状態であった。


その翌朝の、夫婦の会話は以下のとおりである。

「そうだフランセット。僕の潔白を結局証明できなかったから、今夜にでもまたあの絵を見て僕が反応しないことを見せたいと思うん――」

「けっこうです」

このときのフランセットの返答は、もう二度としなくていいという鉄の拒絶に満ちていたという。

# 王太子様《おうたいしさま》は、初恋花嫁《はつこいはなよめ》を逃《に》がさない。

## 椋本梨戸


❖2018年6月5日　初版発行
❖著者　椋本梨戸
❖発行者　原田　修
❖発行所　株式会社一迅社
〒160-0022　東京都新宿区新宿2-5-10　成信ビル8F
電話　03-5312-7432（編集）
電話　03-5312-6150（販売）
発売元：株式会社講談社（講談社・一迅社）
❖印刷・製本　大日本印刷株式会社
❖DTP　株式会社三協美術
❖装丁　coil





ISBN978-4-7580-9075-9



●本書は「ムーンライトノベルズ」（http://mnlt.syosetu.com/）に掲載されていたものを改稿の上書籍化したものです。
●この作品はフィクションです。実際の人物・団体・事件などには関係ありません。

MELISSA